みんな知ってる、みんな知らない

チョン・ミジン
絵　ピョン・ヨングン
訳　カン・バンファ

U-NEXT

みんな知ってる、みんな知らない

누구나 다 아는 , 아무도 모르는
(Everybody Knows, Nobody Knows)
by 정미진 (Jung Mi-jin)
Illustrated by 변영근 (Byun Young Geun)

目次

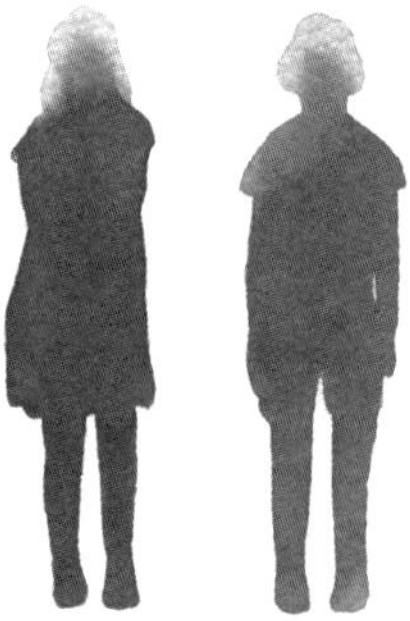

1　みんな知ってる

床が氷のように冷たい。家？　違う。夢の中だ。

生臭いにおいが鼻をつく。いやなにおいがツタのように伸びてきて全身にまとわりつく。ポト。ポト。水滴が落ちる音。目を開ける。でも暗すぎて、目を開けているのか閉じているのかわからない。数秒経つと、うっすらと何かが浮かび上がり始める。天井まで三メートルぐらいの空間。すみのほうに水たまりがあり、反対側には便とおしっこ、そして吐いたあとが見える。そのまわりには、パンの包み紙と水のペットボトル。吐き気がする。

何かが太腿を這い上がってくる。ぎょっとして足をばたつかせると、親指ほどもあるゴキブリが落ちる。息が荒くなる。辺りに目をやると、今度は黒い毛の塊が見えた。ネズミの死骸だ。悲鳴を上げて飛びすさり、壁にへばりつく。じっとりとした気配が背中をつたい、骨の奥まで染みていく。

手で壁をつたいながらゆっくりと横に進む。プラスチックの壁は苔に覆われている。そこに、ところどころ爪で引っかいたあとがある。自分の爪を見下ろすと、左手の中指と右手の人差し指は、爪が剝《は》がれて赤い肉がのぞいている。

壁にできた爪あとの下には、ミミズが這ったような字が見える。〝チョン・ヨヌ〟。名前の隣には絵がある。お母さん。お父さん。子ども。そしてもう一つ、やけに大きな顔。まるで三人を見下ろしているかのような。

つま先に冷たいものが触れる。拾ってみると、鉄のかけらだ。それを使って、大きな顔を塗りつぶすように壁を引っかく。だんだんスピードが上がる。肉がのぞく指先に痛みが走る。かまわず引っかき続ける。足音が聞こえる。

ザッ——ザッ——。

驚いて鉄のかけらを落としてしまう。後ずさると、ぐにゃり、と何かを踏んだ。ネズミの死骸だ。悲鳴がこぼれそうになったそのとき、ギギギ、という音と共に天井のふたが開く。光が三日月の形から徐々に膨《ふく》らんでゆき、満月のような丸になる。降り注ぐ光で、まともに目を開けていられない。正体を確かめようと、必死で見上げる。顔が一つ、光を背にしてこちらを見下ろしている。

彼だ。

のっぺらぼうのように白くにじんだ顔。

悲鳴と共に眠りから覚める。

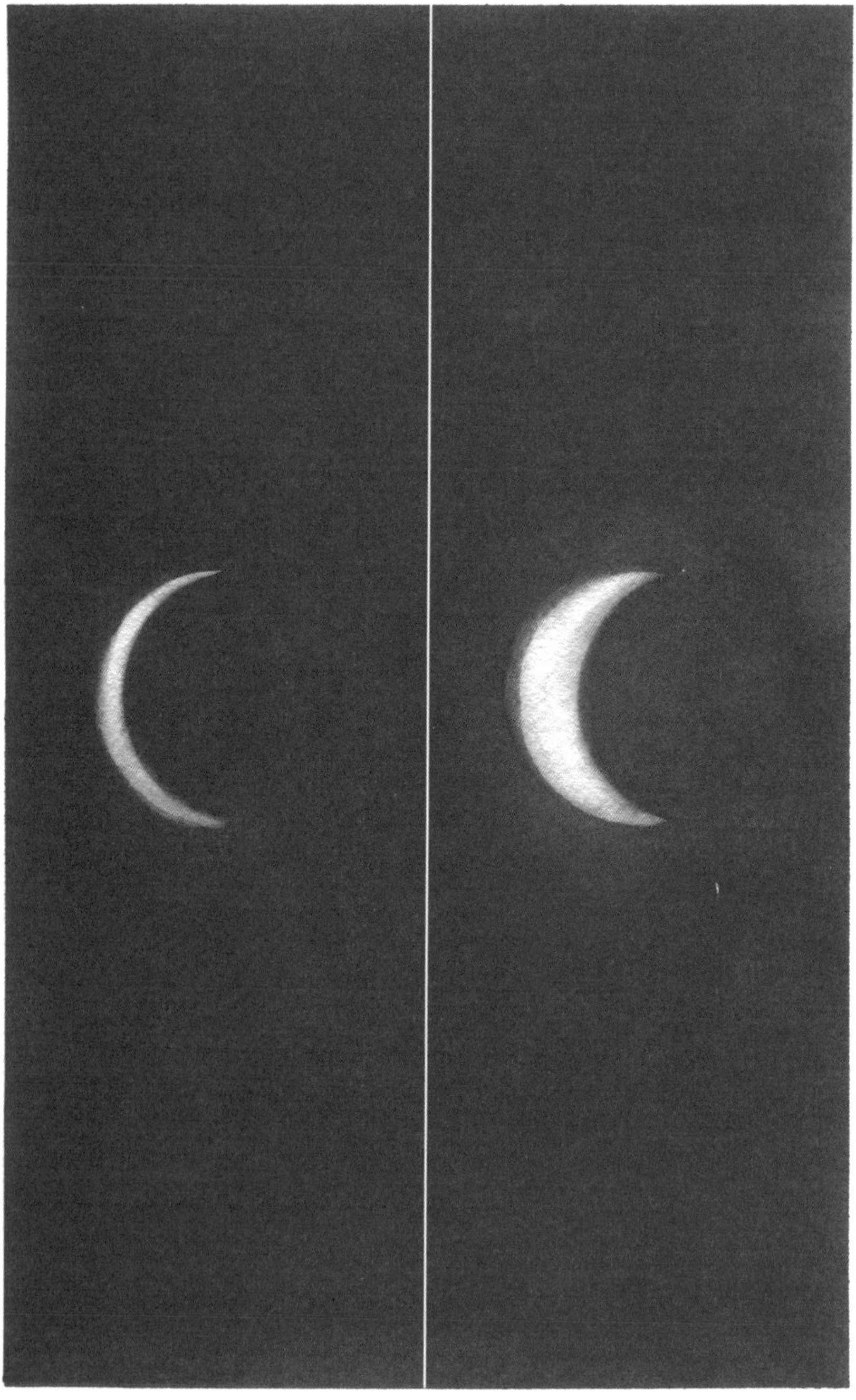

こんな場面に心当たりはないだろうか。映画の中で主人公が、一夜にしてスターになり、急に周囲の注目を浴びるようになってたじろぐシーン。あの日の朝、私もそうだった。目を覚ますと、世間のあらゆる視線がすべて私に集中していた。ふと、去年のクリスマスの、女優になりたいという願いが叶ったのだと思った。

「ヨヌ、大丈夫？　本当に大丈夫なの？」

ゆうべ寝そびれた子どもを気遣うことばにしては大げさだ。テーブルに上がってフラダンスでもしなければ、平気だと信じてくれそうにない。そういえば、見慣れない顔がたくさんある。目をしばたたかせているうちに、寄せられる関心の強さに、おしっこがしたくなってしまった。戸惑いつつも、お母さんにトイレに行きたいと伝えた。でもお母さんは、真顔で反対した。いつもはあらかじめ行っておけってうるさいのに。お母さんの気まぐれには付いていけないと思っていると、ふいにお父さんが私をおんぶした。普段は遊び相手をしてくれるようなことはなかったから、たちまち恥ずかしくなった。でも、火照《ほて》った顔をどうにもできないうちに、私はお父さんに背負われたまま外へ出ていた。

背中の上から、辺りの大人たちが見わたせた。人々は、えさを待つ雛のように口をすぼめて、私を見つめていた。学期末には必ず朝礼台に呼ばれて賞をもらう友だちのユシンは、こんな気分なのだろうか、そんなことを思った。

一歩外へ出るなり、思わず喉から大きな声が漏れた。マンションの玄関前に、人々が長蛇の列をつくっていたからだ。私が出て行くと、カメラのフラッシュが相次いで瞬《またた》いた。これは夢だろうか、そう思っていた私の身に、人生で最も恥ずべき事態が起こった。パニックになった私は、お父さんの背中でお漏らしをしてしまったのだ。お父さんのグレーのTシャツに私のおしっこが黒く染みていくと、フラッシュがいっそう強く瞬いた。今思い返しても、人生で最悪の瞬間だ。

すべてお母さんのせいだ。トイレに行きたいと言ったときに行かせてくれていたら、あの瞬間を思い出すたび髪をかきむしることもなかっただろう。とにかく、私がしくじったことでお父さんはむせび泣き、またもカメラのフラッシュが花火のように弾《はじ》けた。つまりはその夜、全国民が見守る中で、お父さんの背中でお漏らしをした私の姿が生中継されてしまったのだ。ずっと後になってわかったことだけれど、私がお漏らしをし、その姿に泣き崩れるお父さんの姿を収めた写真がピューリッツァー賞まで受賞したのだから、類いまれなシーンを演出してしまったことは確かだ。おかげで私の人生最大の恥は、今でもワンクリックすればインターネットで簡単に見られるし、今後も人類は子々孫々に至るまで、私がお漏らしした姿を見ることができる。ああ、こんなに歯がゆくて呆《あき》れたことってあるだろうか。

私のおしっこでぐしょぐしょになったお父さんに背負われて救急車に乗った。服を着替えたいと言っても、お父さんは私のことばが耳に入らないのか、半ば放心したように泣き続けていた。大の男が、それも父親が目の前で泣いている姿は生まれて初めてのことで、なぜか罪悪感を覚えた。

救急車に乗せられた私は、様々な機器で検査を受けた。人々はまるで、私の体に潜むたった一つの不穏な細胞を探すかのように、血眼《ちまなこ》になって体中を調べ続けた。私のお腹に聴診器を当てる救急隊員から息をしないようにと指示されたときは、ちょっぴり怖くなった。友だちと銭湯で潜りっこをするたびに必ずビリになる私は、自信がなかったのだ。でも、おじさんに厳しい顔でそう言われ、もしや息を吐いたら爆発でもしてしまうのではと不安になり、できるだけ他のことを考えようとした。

昨日の夜はどんな夢を見たっけ。私はじっと思い浮かべようとした。確かに夢を見たはずなのに、すべてがぼんやりとしている。実はさきほどしくじって以来、頭の中は真っ白になっていた。ふと、ジフンに見られはしなかったかと不安になった。同じマンションに住んでいるから、通りすがりに見られたかもしれない。初恋がこんなにあっけなく散ってしまうなんて。このまま消えてなくなりたいと思った。ようやく気持ちを落ち着けたとき、息をしてもいいという声が聞こえた。

何がどうしたと言うのだろう。目覚めて以来、普通じゃないことだらけだ。いつもの朝なら、お母さんはなかなか起きない私のお尻を引っぱたいたはずだし、お父さんだってトイレを占領して出てこないのに。みんな変だ。うちに集まっている見慣れない人たちも、お父さんの背中にお漏らしする私を家の前で撮り続けるあの人たちも。特に痛いところもないのに私の体を念入りに調べる救急隊員も、みんな普通じゃない。

初めは寝ぼけているのかと思った。でも、お父さんが泣くのを目の当たりにしてからは、すべてが疑いようのない現実だと悟った。怖かった。私の身に何が起こったのだろう。暗号の書かれたメモを探すように頭の中を引っかき回してみる。一夜のうちに起こった変化にしてはまとまりがなさすぎて、何一つつかめなかった。

一体何が起きているのか。誰かに尋ねたかったけれど、両親は私を片時も離そうとしなかった。そのうえ、お母さんはカメラの前だからか、大げさに思えるほどむせび泣いていて、声をかけることさえできなかった。十数分後、病院に運び込まれた私はやっとのことで濡れたズボンを穿き替え、シャワーを浴びる自由を与えられた。訊きたいことは山ほどあったけど、みんながみんな興奮状態だったので、とてもじゃないが口を開けなかった。とにかく話は着替えてからだと思い、ズボンを脱いだ。目覚めてから四十数分後、初めて鏡を見たのだった。

私ってこんなに寝相がひどかったっけ。鏡に映った私は体中あざと傷だらけで、とんでもなく痩せていた。短かった髪は肩までのおかっぱになっていて、やせ細った顔には落ちくぼんだ目玉が二つ、ぽつんと残っていた。

そう。鏡を見るまでは自分の状態がまったくわからず、苦痛なんてものも感じなかった。でも鏡を見て初めて、何か信じがたいことが起きたのだと、そして、体にできた傷を見たとたん、手当てが必要なのだと悟った。

　おかしな話だ。私の頭の中では昨夜、両親の小言にひるむことなく土曜ロードショーを見て眠りにつくという、平凡きわまりない日常を過ごしたことになっていた。それなのに鏡に映った体からは、想像もつかないほど悪い出来事があったことが見て取れた。どういうわけか、鏡を見るまでは傷の痛みも、空腹も感じなかった。鏡の中の自分をじっくり眺めた末に、私は悲鳴を上げ、するとそこで、手首が折れていることに気付いた。にわかに、ものすごい喉の渇きと、言い表しがたいほどの空腹が迫ってきた。そしてついに、全身が粉々になりそうな苦痛にくずおれた。両親と医療スタッフが駆けつけたが、私はその場で気絶してしまった。


　三日後に目覚めたのは病院で、私の体には身動きできないほどの包帯やギプス、点滴の針がついていた。五カ所の骨折や擦り傷などの外傷、肺炎とひどい栄養失調に見舞われていた。完治までに丸六カ月が必要だと言う。悔しかった。ほんのちょっと朝寝坊しただけのはずなのに、こんなに重い罰を受けるなんて。

　でも、周りの人の意見は違った。これぐらいで済んで本当によかったと、いまだに泣きやまない両親の肩を叩いた。さらに驚いたのは、土曜から日曜にかけての十時間ほどと思っていた時間が、実際はひと月半をゆうに超える時間、すなわち四十九日間だったということだ。意識が戻り、正常な会話ができるようになると、質問攻めに遭った。両親を始め、医療スタッフ、警察関係者、放送局の記者、さらには素性の知れないシャーマンまで。彼らの質問は大きく三つ。

「どこにいたのか?」
「誰に連れ去られたのか?」
「一体何があったのか?」

残念ながら、一つとして満足に答えられるものはなかった。当たり前だ。私はただ昨夜、土曜ロードショーを見て寝ただけなのだから。でも、彼らはあきらめなかった。初めはおそるおそる、私が知っているはずのことについて尋ねてきたが、一人のせっかちな記者はぶしつけに答えを迫ったせいで、お父さんにほっぺたを殴られて追い出された。それから、心理療法という名のもとに催眠で記憶を呼び覚ますことも試みられたけれど、私の前世がノルウェーの田舎の少女ということがわかっただけで、それ以上の収穫はなかった。

こうして私は、土曜ロードショー以後の四十九日間の時間をすっかり失ってしまったのだった。

事件をかいつまんで話すと、こうなる。土曜ロードショーを見て寝た私は、翌日の日曜日、起き出すと、遊びに行くと言って出かけた。そのまま行方不明になって四十九日が過ぎた。失踪から三日後、私を誘拐したという犯人から電話がかかってきて、すぐさま警察および全マスコミに誘拐の事実が伝えられた。誘拐事件が全国で報じられ、毎日のようにテレビで取り上げられると、世間の関心は一気に集まった。もちろん他の誘拐事件だって、国民の関心や心配を誘うのは同じだ。でも、私のケースがひときわ注目されたのには理由がある。四十九日間にわたって、誘拐した人物から虐待されいたぶられる全過程が、両親と全国民に中継されたといってもいいからだ。

四、五日おきに、いたぶられる私の声を録音したテープや写真が放送局に届いた。おかげで、全国民が私と同じ苦痛を味わった。それほどまでに〝私の誘拐犯〟は特殊にして残忍だった。そして四十九日目の朝、私は自分の足で歩いて戻り、自宅の前に倒れていた。これが土曜ロードショーの後、四十九日間にわたって私の身に起こった出来事だ。

こんなふうに淡々と語れるのは、一切の記憶がないからだ。私は単に人々から、自分がどんな時間を過ごしどんな苦痛を受けたのか〝伝え聞いただけ〟。週末のドラマを見過ごした月曜日、友だちからドラマのあらすじを聞くのとさほど変わらない。私以外の全国民はほぼリアルタイムで四十九日間の苦痛を知らされ、私はすべてが終わったのちに再放送で自分の苦痛を伝え聞いた。それだけだ。

　私が単純すぎるのだろうか。それだけ、という私の思いとは裏腹に、周囲の反応はすさまじかった。ご親切にも誘拐犯が四十九日間をつぶさに中継してくれたおかげで、全国民が想像もつかないほどの苦痛に苛《さいな》まれた。でも皮肉なことに、その苦痛を何一つ感じられないのは当事者である私だけだった。あらゆる心理テストを受けてみても、私の精神状態はしごく正常な、つまり、土曜ロードショーを見て翌朝寝坊した九歳の少女のそれだった。

　本当に何ともなかった。ぐっすり寝て起きただけなのに、みんなに「あなたは四十九日ものあいだ、とんでもない苦しみを受けたの！　だからとてもつらくて悲しい状態なのよ」と言われても、いきなりそんな感情が湧くわけがない。自分がいたぶられたのだと察することができるのは、体に深く刻まれた癒えない傷を見つめるときだけだ。

　ともかくその日以来、私は大韓民国で最も有名な九歳となり、この上なく〝痛ましく悲しい子〟になった。でもどうしよう。私はとんでもなくおてんばで能天気な子なのに。実際、当時の私にとって一番つらかったのは、失われた四十九日間ではなく、何ともない気持ちを、いや、少なからず愉快な気持ちを押し殺して、人々の言う〝痛ましく悲しい〟振りをしなければならないことだった。なぜなら当時は、全国民が私の一挙手一投足に驚き悲しんでいたのだから。私は全国民のリアクションを引き出すことのできる、数少ない有名人の一人になっていたのだ。

　それからは、自分のどういった行動で人々が悲しんだりつらがったりするのかを正確に把握しなければならなくなった。そうして初めて、彼らの苦しみと悲しみを少しでも和らげてあげられるからだ。例えば、私がいつもと違う行動をとると、周囲は非常事態とみなした。どんなささいな行動にも敏感に起きる反応。私は次第に、とっていい行動ととってはいけない行動について、ひと通りの基準を設けられるようになった。

泣いたり怒ったりすると、両親は悲しみ、警察や病院といった嬉しくない場所に連れていかれた。そうかといって、大げさに笑ったり楽しそうにしたりしても、ある種の疑いの眼差しが注がれた。そんなふうに、私は徐々に人々の反応を観察しコントロールすることに長《た》けていった。

過酷な四十九日間を過ごし、その後平然と目覚めてから三週間ほど経ったころ。ついに恐怖に襲われ始めた。遅れてやってきた恐怖は予想以上に耐えがたいものだった。昼夜を問わず泣き、いきなり叫び声を上げたり独り言を言ったりという深刻なうつ状態に苛まれた。私の心の変化に、周囲の人々、中でも警察は、ようやく犯人へとつながる記憶がよみがえったのだと喜んだ。でも残念なことに、私の記憶は止まったままだった。四十九日間が始まる前の、土曜ロードショーで。

ひと月が過ぎても、何一つ思い出せなかった。四十九日という時間のほんの一日さえも。いや、ほんの一時間さえも。あたかも、合否を分ける最後の問題を前になかなか答えを思い出せないでいる受験生のようにもどかしい日々。人々はそんな私を、すぐに記憶が戻るはずだ、そうして犯人を捕まえられるはずだと慰めた。

でも実際のところ、私は記憶のせいで怯《おび》えていたのではない。私の恐怖の原因は、自分が苦しんでいたという事実を、自分以外のみんなは知っているのに、当事者である私は知らないという点にあった。あなたはこれまでの人生で、自分の欠点や恥ずべき部分について周囲のささやきを感じたことがあるだろうか。いっそ面と向かって言ってくれれば何か言い返せるのに、自分以外の全員が、自分の知らない自分の一部分についてささやき合う。そのむごさは当事者にしかわかりえない。

病院にいても、家にいても、通りへ出ても、そこにいる全員が私を見てささやいた。そのささやきの大半は失われた四十九日についての同情だったが、中には私の代わりに怒りをあらわにしたり、私の前で泣く者もいた。でも私には、彼らがどうしてそこまで同情し、事件に憤り、悲しみ、苦しむのかわからなかった。

呆れられるかもしれないが、当時はこんなことまで考えた。土曜ロードショーで見た笑えるシーンを思い出すよりも、四十九日間の苦痛を一日、いや、ほんの一時間だけでも感じられたならどんなにすっきりするだろうと。

もどかしかった。一度、ニュース番組の取材を受けたとき、もう少しでマイクに向かって「何ともないんです！　私はただ、眠って、目覚めただけです！」と叫ぶところだった。できることなら彼らが私を見て感じた、そして感じているだろう苦痛と悲しみを少しでいいから分けてもらいたかった。もどかしくてたまらなかった。この体に残る傷や病気のせいでなく、もどかしさに気が変になりそうだった。

自分だけが知らないという恐怖は、他のいかなる感情よりも恐ろしかった。恐怖が膨らむにつれ、絶望も膨らんだ。私は知らないのに、私以外の「みんなが知っている私の話」。それは、頭の中の神経を一本一本、ガリガリと爪で引っかかれるような苦しみだった。

文字通り、真夏の夜の夢だ。つかめない蜃気楼。失われた四十九日間の蜃気楼は一体、この体のどこに潜んでいるのだろう。たくさんの人々が、必死でそれを見つけようとした。でも、それから三カ月が過ぎ、半年が過ぎ、その倍の月日が流れても思い出せなかった。

私はいっとき、みんなの期待に応えたいがために記憶を捏造《ねつぞう》したこともある。

「年寄りのおじいさんでした」

「そこでひたすら働かされました」

でも、どれもハズレ。

私が捏造した記憶より、みんなの知る四十九日間の事実のほうが信頼できたからだ。ニュースで中継された男の声は青年のものだったし、彼によると、私はその間同じ場所に監禁されていたそうだ。発言についてことごとくあら探しに遭い、私は震え上がった。何てことだろう、被害を受けた当事者より、第三者のほうがずっと事実に近いところにいるなんて！　しかも彼らは、私よりも犯人のことばを信じているようだった。そのため幼心に、犯人の男に嫉妬にも似た感情を抱きもした。

そうして私が嘘をくり返すと、両親は私を責め立てた。私はそれ以上、人々の期待に沿えるよう自分の記憶を作り出すことをやめ、次第に、嘘もろともあらゆることばを失っていった。私の口数が減ると、奇妙なことに周りの人々の口数は増えていった。

「どこか悪いんじゃない？」

「後遺症かも」

みんなは壊れ物を扱うように私に接し、両親は終始私の顔色を窺《うかが》っていた。

そろそろ、私の四十九日間を奪った男について話したいと思う。結論から言えば、犯人を捕まえることはできなかった。私が目覚めると、捜査は一度は活気を帯びたものの、すぐに難航した。それまでに、近所の中華料理屋の出前係、隣の家のおじさん、同級生の父親といった無実の容疑者が数人吊るし上げられただけで、これといった成果はなかった。そのうち同級生の父親は、事件当日に偶然私を車に乗せていたことがわかり、有力な容疑者として扱われるとい

チョン・ヨヌ

う苦汁を飲んだ。しかし、手ひどい尋問にも確たる証拠が出てこなかったうえ、私が四十九日目に戻ってくると、結局は無罪放免となった。

こうして空振りすること数度、これといった結果が得られなかった警察は、両親を容疑者と目した。いけにえを探し始めたのだ。私が行方不明になった日、父親と一緒にいたのを見たという人が現れ、両親が金目当てで誘拐事件を自作自演したのだという話も一人歩きした。でもそのどれもが、確かな証拠のない噂に過ぎなかった。

誰かの口から何気なくこぼれ出た噂話は、私たち家族に向けられた数千数万の矢となった。ついには、父親は娘を犯した破廉恥《はれんち》な犯罪者だという話まで持ち上がった。その噂を聞いた父の顔がみるみるこわばっていく瞬間は、今も忘れられない。

両親への疑惑が一段落すると、次は私の番だった。初めのうちは、私の身に起きた出来事のあまりのむごさに、覚えていないふりをしているのだと言われた。また、たちの悪い人たちは、私の身に起きたと思われることを大げさに触れて回った。島に売り飛ばされて売春宿にいたらしいとか、アダルトビデオに出ていたとか。今思い出しても、悔しさに身震いするような低俗な内容ばかりだった。

こんなこともあった。映画監督だという人が、私の誘拐事件をもとに映画を作りたいと言って訪ねてきたのだ。父はシナリオを読むなりゴミ箱に投げ捨てた。自分で読んだわけではないから記憶はおぼろげだが、ほとんどサイコ・エロ映画と言える代物だったらしい。

時々、あのころの記憶を童話『不思議の国のアリス』になぞらえてみる。真夏の白昼夢。服を着た人間のことばを話すウサギを追って不思議な世界に入り込み、ありとあらゆる冒険の果てに戻ってみると虚《むな》しくもすべては夢だったという、あの奇妙な物語。

眠っているあいだに未知の世界にはまりこんでいたということ。もとの世界に戻ると自分が経験した時間がなかったことになるということ。そんなところに共感し、アリスと自分を重ね合わせた。さらに、アリスは不思議の国に自分を導いたせっかちなウサギを必死で思い出そうとし、懐かしんでいた。私にとっての犯人という存在も、ウサギと似たような意味を持っていた。私を未知の時間へ引っ張り込んだ男のことを知りたくて仕方なかった。でも、アリスと私には一つ異なる点がある。アリスはウサギに対してプラスの感情を抱いていたけれど、私の場合は、知りたいという気持ちを除けばマイナスの感情しかなかったことだ。

自分を苦しめた人間だったし、周囲からそう感じるよう洗脳されていたせいもあるだろうが、最大の原因は「知らないという恐怖」だった。夢の中で、彼はいつも顔のないのっぺらぼうだった。のっぺらぼうが怖がられるのは、表情が読めず、その存在があやふやだからではないか。つまり私にとって彼という存在は、想像の中の不確かな恐怖だった。

けれど想像の中の恐怖は、単なる観念的な存在に過ぎない。幽霊や神の存在に漠然とした疑念を抱くのと同じように、存在そのものを否定してしまえばそれまでだ。その一方で、当時の

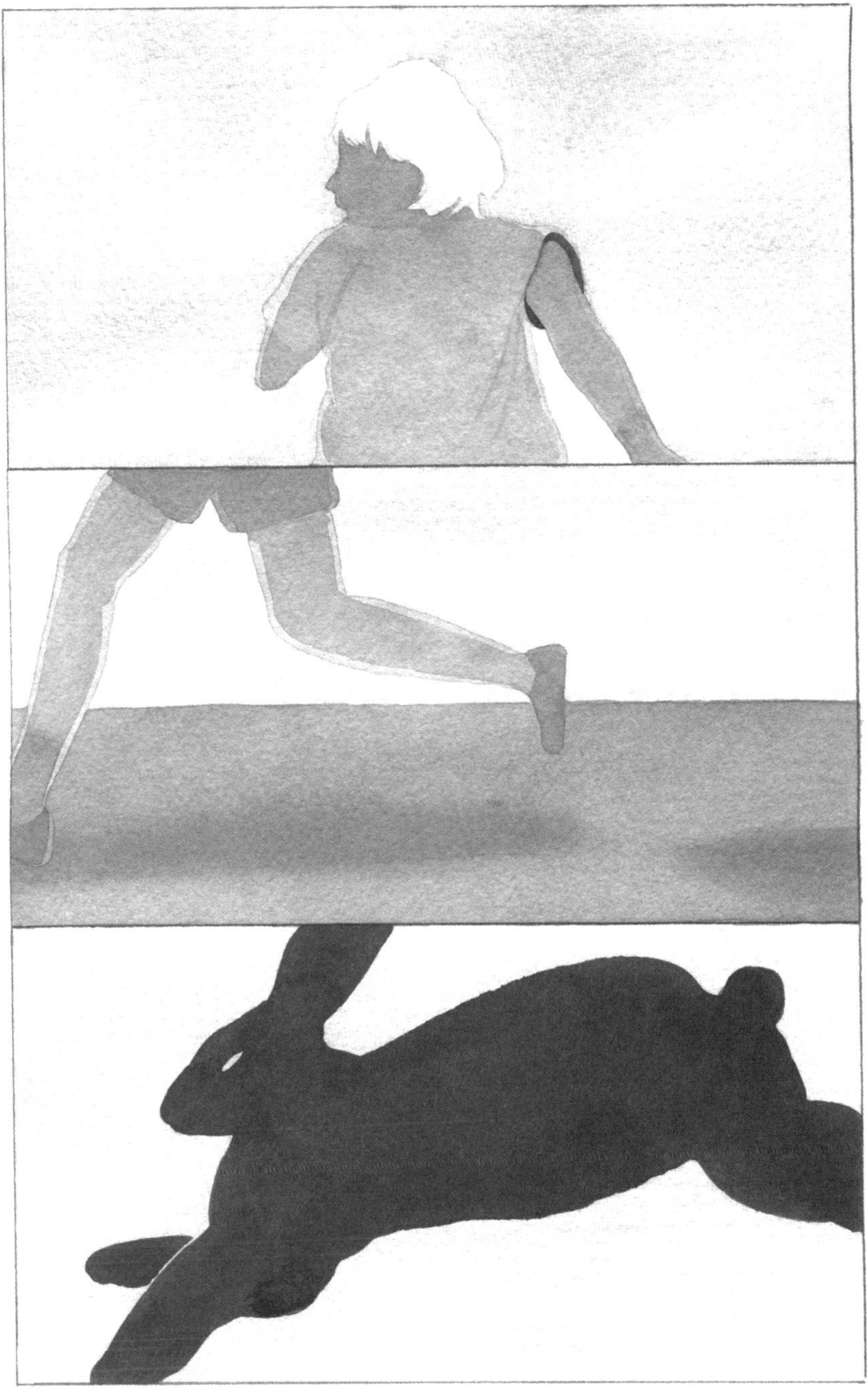

私が眠れないほどびくびくし、実体のない誘拐犯より恐れていたものは別にある。

ウサギを追いかけていたアリスがウサギを見失い、別の怪物に遭遇したのだ。その怪物は数十、数百の目と口を持つおぞましい姿をしていた。悲鳴を上げて逃げ出すと、怪物は先々で私の行く手を阻《はば》み、大きな口をぽっかり開けて立ちふさがった。そいつは私の手足をつかんで、数百の目玉をぎょろぎょろさせながらあの日のことを問い詰めた。

その実体こそ、人々の視線だった。そう。私は誘拐犯より、自分を取り巻く数十数百の目と口のほうが恐ろしかった。私にとって誘拐犯が思い出せない悪夢だとすれば、人々は現実に出くわすリアルな怪物だった。私は怪物に取って食われまいと全力で抗《あらが》わなければならなかった。そんなふうに、実在しない怪物と実在する怪物のあいだで、ゴールのない堂々巡りをする日々が続いた。

こんなことを思った。ひょっとすると、みんなの本当の興味の対象は、失われた私の記憶や傷などではないのかもしれない……。人が聞けば被害妄想だと言うかもしれないが、この思いは日を追うごとに確信に変わっていった。周囲の関心がますます刺激的な方向へ傾いていったからだ。人々は私の傷の深さよりも、その傷をつくった道具がいかに鋭かったかを知りたがった。四十九日間の記憶よりも、それ以前と以後のことを知りたがった。真実は平凡であればあるほど急速に消滅し、噂はスパイスが加われば加わるほど猛烈なスピードで広がっていった。

ある日ふと、両親の涙を見るのが嫌になった。正直に言えば、うんざりだった。だから私は、泣いたり叫び声を上げたりという「あの事件」に関わるいかなる行動もしなくなった。私は少しずつ、土曜ロードショーを見ていた平凡で正常な子どもへと戻っていった。

でも、相変わらず口をすぼめて「あの日々」を反芻《はんすう》する多くの人たちのために、私たち家族は海外へ移住するしかなかった。こうして徐々に、いや、あるいは突然に、私だけが失っていた四十九日間という時間を、両親や家族、そして全国民が失うことになった。

そうして嘘のようにきれいさっぱり――誰一人思い出す者がいなくなるまでの、二十年という時が経った。


およそ二十年の時を経て、九歳だった私はいつの間にか三十歳を迎えていた。海外移住から戻って一年ほど経った今は、ある地方都市で英語塾の講師をしている。そして誘拐事件で明らかに寿命を縮めた両親は、交通事故で二人同時に亡くなった。

家族の死は受け入れがたく、今も時折お酒の力を借りて耐え忍んでいる。結婚はしておらず、恋人はいたが三カ月前に別れた。三十歳の私は、失敗した移民世代の見本のように生きていたが、衣食住に困ることはなく、さして不満もない。

移住先の生活にはなかなかなじめなかった。もちろん最初のうちは、他人の視線から自由になれたことが嬉しかった。視線から逃れるために移住したのだから、その解放感といったら、無理に着けていたサイズの合わない下着を脱ぎ捨てたような爽快さだった。何より、私がお漏ら

しした姿を記憶している人がいないという事実に安堵《あんど》した。

　でも、すぐに虚しさが押し寄せた。両親は二度と例のことで苦しむのはごめんだと言い、事件について話すことはわが家でタブーとなった。私もまた、両親の寿命を縮めただろうことに大きな責任を感じていたから、努めて周りの子たちより明るく元気に振る舞った。でもそうすればそうするほど、私の中で何かがずれていった。治り切らない傷を無理やり縫い合わせようとしたことで微妙なずれが生じ、ついには元の姿などなくなり、肉芽《にくが》はまったく見当違いのかたちに育った。

2　みんな知らない

私は内面の空虚さを隠すために、日頃から自分を大きく見せようとした。人より大きな声で話し、大げさな表情を浮かべて、しばしばはったりをかました。初めは多くの人たちが、明るく快活な私に魅力を感じて近付いてきた。でも時が過ぎ、実は中身がからっぽの大ぼら吹きだと気付くと、さっさとそばを離れていった。私はどこへ行っても、裏表のある人間、何を考えているかわからない人間、見せかけだけの人間として扱われた。そうやって二十年間、私を通り過ぎてゆく人たちとの数え切れないほどの別れの中で、慢性的な孤独に苛まれていた。

両親が亡くなると、韓国に戻りたくなった。できれば、すぐに。韓国に戻ったからといって、温かく迎えてくれる親戚がいるわけではない。両親はどちらも半ば孤児のように育ったため、盆も正月も寂しいものだった。けれど私は何かに追われるように、いや、何かに吸い寄せられるように、アメリカでの生活を終えて帰国した。両親の死が一番大きな理由だった。だが、何よりも孤独に疲れていた。

韓国に戻る数日前から、極度の緊張に襲われていた。果たして人々は私のことを覚えているのか、私だと気付くだろうか。もしそうなったら、どんな態度を取ればいいのか。くよくよ悩んで眠れない夜を経て、ついに韓国行きの飛行機に乗った。ところが、飛行機から降り立った瞬間、余計な心配だったことに気付いた。

誰一人私に気付かなかったのだ。

初めのうちは、かつて華麗に引退した女優のごとく、顎を上げて堂々と町を歩いた。万一誰かに気付かれたときに備えて、受賞コメントを用意するように、状況に応じた受け答えを眠りにつきながらシミュレーションしたりもした。

それがどうしたことか、いや、まるで当然のことのように、誰一人私の存在を気にする者はいなかった。裏切られたような気がした。いっときは否応《いやおう》なしに質問攻めにしてきた人々の記憶から、私についての記憶がこれほど簡単に消え去ったという事実が恨めしかった。

誰一人「大丈夫？」と尋ねることも、「一体何があったの？」と問い詰めることもなかった。

脱力感が押し寄せ、事件を担当した刑事のもとを訪ねたり、心理療法を担当した精神科医に面談を申し込んだりもした。でも、二十年という月日を甘く見ていた。担当刑事はずいぶん前に退職して海外へ移住し、精神科医は皮肉にも過度なストレスで自殺していた。

子どものころは他人からの視線に苦しんだくせに、二十年後の今になって誰も自分に気付かないことにがっかりするなんて、おかしな話だ。その矛盾した感情を、具体的に説明しろと言われても無理だろう。あえて言うなら、「長い移住生活がもたらしたアイデンティティの混乱」、または「両親の死による存在の不確実性」というところだろうか……。だがそれさえも、納得できないのは同じだ。悩んだ末、捉えどころのないそれらの感情をひと言でまとめると、それは「孤独」だった。

寂しかった。

まるで、子どものころの思い出を共有していた近所の遊び友だちが一人、また一人と引っ越してゆき、公園にひとり取り残された気分だった。

韓国に戻って数カ月ものあいだ、私はまるで魂の抜けた、抜け殻のような状態だった。その喪失感を打ち砕こうと、今は高層マンションが立ち並ぶかつて暮らした町へ行ってみた。そこで家々のドアを叩いてみたり、ある日など、ど派手な格好をして町の中心を歩いてみた。けれど、頭のイカれた女ぐらいにしか思われなかった。

そんなある日、事件当時、同じ小学校に通っていた同窓生に会いに行った。当然記憶はおぼろげだったが、ありがたいことに、彼女は私が私本人だということに気付き、感動的なことに、四十九日間のうち二十日ほどを記憶していた。でも、それがすべてだった。気まずい挨拶を交わした後、彼女はこの二十年で自分の肌がどれだけ衰え、ウエストがどれほど太くなったかについて、延々二時間もまくしたてた。私は、二十年の月日が女性の美をどこまで損《そこ》なわせるかだけを実感し、虚しい気持ちで帰ってきた。

その日の帰り道で、ようやく悟った。今の私には華やかなスポットライトはおろか、カラオケボックスの天井にぶら下がる安っぽいライトさえも当ててもらえないのだと。

おかしなことが起こった。

四十九日間のことや正体不明の男について誰にも訊かれなくなると、質問に一つずつ答えられるようになっていった。二十年前いかなる手段を使っても思い出せなかった事件のヒントが、韓国に戻ってからぽつぽつと頭に浮かび始めた。文字通りヒントだ。私の脳は、まるでこれから受けるショックに備えて赤ん坊をなだめすかすかのように、四十九日間を一万個の小さなかけらに砕いて、少しずつ、少しずつ放り投げてきた。

大抵は、寝入りばなや目覚める直前に、ごく短い断片が浮かんだ。多いときは週に一度、少ないときはひと月かふた月に一度のペースで記憶がよみがえった。そうして一年が経った今、記憶のかけらをざっとつなぎ合わせてみると、大まかな記憶の地図が出来上がった。

二十年間眠っていた記憶の中で最初に思い出したのは〝貯水槽〟だった。そう、私は四十九日間、貯水槽の中にいた。その事実を思い出しても、さほどつらくは感じなかった。もともとの想像では、無難なところで地下室や屋上の小部屋、トイレ、タンス、さらには身動きできない〝棺おけ〟までイメージしていたからだ。

貯水槽で四十九日間、男が投げ入れてくれる食べ物と、腐りかけの溜まり水を飲みながら耐

え忍んだ。貯水槽の中は光が届かず暗かった。暗がりの中、ぴちゃぴちゃという水の音と謎の虫が立てる音が絶え間なく続いた。しばらくは夢の中でも、暗闇の中にその音だけが響いていた。

ピチャ、ピチャ、チョロ、チョロロ、ジイ、ジイ。

夏の夜、一匹の蚊が耳元にまとわりつくように、得体の知れない耳鳴りがとめどなく続く。おかげでこの一年間、ひどい不眠症に悩まされた。

記憶の残骸は、時の流れに逆らうこともあれば、追い抜くこともあった。だから前後の順番は、一日かけてじっくり整理してみて、初めて一本の線でつながった。これまでによみがえった記憶によると、私は二十年前、土曜ロードショーを見て眠り、日曜の朝起き出して友だちのもとへ向かった。友だちが現れず、ひとり近所の店でアイスクリームを食べながら待っていると、偶然別の友だちの父親に出くわした。そしてそのおじさんの車に乗って、友だちの家へ向かった。けれどどういうわけか、途中の道端で私だけが降りた。

その後家へ帰ろうとしていたとき、高校生とおぼしき男が近付いてきた。男に会ったところまでは思い出せるが、その間の記憶は途切れている。次の記憶は、貯水槽の中だ。その空っぽの貯水槽で、やっと生きながらえるだけの食べ物と水を摂りながら、四十九日間を耐えしのんだ。

ここまでが半年かけて思い出した記憶であり、その後はもう少し具体的ではっきりとした記

憶となる。男の声は年の割に低く落ち着いていて、背は高く、やせた体つきだった。彼はよく、

〝怖がらなくていい〟

〝すべてうまくいくよ〟

そう声をかけてきた。そして、私が泣くのをひどく嫌った。


やりきれなかった。なぜ今になってこんなことを思い出すのかという疑問と、恨めしさが募った。記憶がよみがえったからといって、それを聞いてくれる人はいない。全国を騒がせた誘拐事件だったが、私は幸い生きて戻り、男はその後、別の罪を犯してはいないようだ。そのうえ、私の事件はすでに時効になっている。


初めて記憶がよみがえったときは興奮が冷めなかった。この事実をすぐにでも警察やメディアに知らせ、犯人を捕まえてやると息巻いた。でも、示し合わせたかのように同じ反応しか返ってこなかった。誰一人私の話を信じないばかりか、そんな事件があったことさえ覚えていなかったのだ。ある人は私のことを、注目を浴びたいだけの嘘つきだとののしった。

私は悟った。失われた四十九日間を一分一秒まで思い出したとしても、関心を持つ人は誰一人いないのだと。人は忘却の生き物だ。スポットライトの当たらなくなった他人の苦しみには無関心になる、身勝手な存在。

またもひとりぼっちだ。土曜ロードショーを見てから朝寝坊して起き出し、その後信じがたいことが起こった九歳の私。当時は私以外の全員が、私の失われた記憶について知っていた。私はこらえがたい恐怖と疎外感に苦しんだ。ところが二十年後の今、私の記憶はごく些細《ささい》な部分までよみがえったのに、今やあの四十九日間について知る者はいない。

みんなが知っている話。けれど私だけが知らなかった恐怖。誰も知らない話。けれど私だけが知っている恐怖。何をどうすれば、この恐怖を拭《ぬぐ》い去ることができるのだろう。


今や記憶の地図は細部に至るまで完成した。

これ以上ないというところまで、失われた時間がはっきりとよみがえった。

貯水槽の暗がりに慣れてくると、濃い闇と薄い闇の違いがわかるようになった。私は薄闇がよどむ壁面に、爪やガラス片で文字や絵を描いた。退屈しのぎでもあったが、何より正気をなくしてしまわないために。自分の名前と年齢、両親の名前、食べ物を食べた回数を記録し続けた。でも、貯水槽の中の記憶はそこまで。それ以上思い出せないのかもしれないし、日ごとの区別がつかないせいで、同じ記憶だと感じるのかもしれない。その後の日々は、何度思い返しても同じ時間のくり返しだった。

医療番組で見かけたのだが、ひどいやけどを負った患者にはやけどそのものよりつらいことがあるという。炎で肉が焼けただれる瞬間の苦しみを神経が覚えていて、やけどを負ったとき

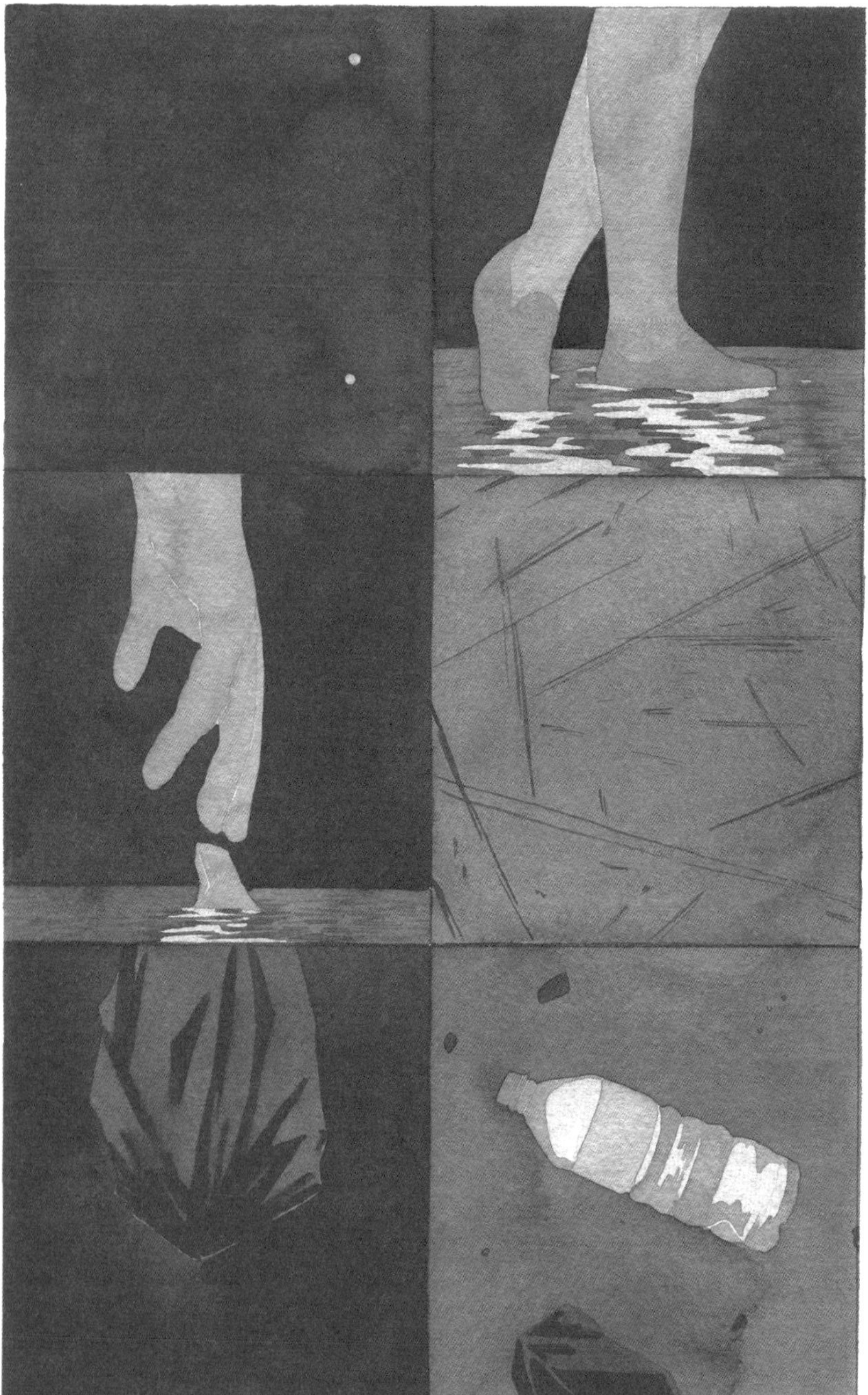

と同じ苦しみが毎日のように思い出されるというのだ。夜ごと炎に焼かれては、また焼かれる……。たとえようのない苦痛に違いない。

そして、記憶はやけどの痕と同じだった。毎晩のように、四十九日間の記憶がよみがえった。苦痛の瞬間は、あたかもこの二十年間思い出してもらえなかった恨みを晴らすかのごとく、もぐらたたきのように時と場所を選ばず頭をもたげた。

それからは毎朝、貯水槽の中で目覚めた。三十歳の私が貯水槽の中に横たわっている。暗くじめじめした貯水槽に水が満ちていく。溺れないようつま先立ちになり、貯水槽の壁を爪で引っかく。鼻の穴のすぐ下まで水が満ち、少しずつ私の中に流れ込む。その冷たさに口の中がしびれてくる。貯水槽のふたが開く。彼だ。突然降り注ぐ光のせいで、顔がよく見えない。

「大丈夫。すべてうまくいくよ」

低く落ち着き払った声に、私は目覚める。汗だくになったまま上半身を起こし、なんとか顔を思い出そうとしてみる。

一年かけて、日増しに、その姿は具体的になっていった。ある日は男の足の指がどんな形だったかを思い出し、またある日は手、その翌日は脚、またその明くる日は髪型を思い出した。何なら体臭を当てることさえできそうだった。

ところが顔だけは、いつまで経っても、何度記憶がよみがえっても思い出せなかった。のっぺらぼうのように白くぼやけた顔。一年間の記憶再生レパートリーの中にも、顔だけは一度も出てこなかった。さらに十年、あるいは二十年を経なければ、私の四十九日間を奪ったアリスのウサギは突き止められないのだろうか。

そんなことを思い、朝目覚めるたびに嘔吐した。歯磨きをしていると、昨夜思い出した記憶のために吐き気が込み上げた。子どものころ、大人が歯磨きの最中に吐きそうになっているのを見るたび、大人になれば誰もがそうなるのだと思っていた。けれど今朝、洗面台に胃液を吐きながらこう思った。年を取るほどに思い出したくない記憶が積もっていくから、歯磨きのたびに胃液と一緒に吐き出す必要があるのではないかと。

もどかしさに居ても立ってもいられなくなり、記者のもとを訪ねたことがある。自分が二十年前の誘拐事件の被害者であること、二十年経った今、犯人の顔を思い出し始めたことを語った。三時間のインタビューを終えた翌週、インターネット新聞に記事が掲載された。芸能ゴシップ欄にあったため、見つけるのに時間がかかった。そのうえ、股を広げた姿のアダルト広告に埋もれていて、なかなか見つからなかった。

「衝撃告白。二十年前に誘拐された少女。〝女優が夢です〟」

記事のタイトルを見た瞬間、不意打ちを食らって頭が真っ白になった。三時間に及ぶインタビューの内容は、センセーショナルなタイトル同様、信じられないほど脚色されていた。単に女優志望の女が、関心を集めたいがために一芝居打っているとしか思えない内容だった。〃とある映画監督から映画にしようとオファーが来ました。私が主人公の成人映画です。シナリオが気に入らなくて断りましたが〃

確かに私の口から出たことばだったが、前後が省略されているせいでまったく違う意味に取れた。自分から見ても、まともな女とは思えなかった。幸か不幸か、閲覧数は多くない。数少ないコメントも悪口ばかりだ。最後まで読む気になれず、サイトを閉じた。

ある意味、〃関心を集めたいがために〃というのは間違っていない。インタビューを受ける決心をしたのは、これが私にとって最後のあがきだったからだ。やれるところまでやってやろう、そう思っていた。だからインタビューの話を持ち込み、すべての記憶を整理するように、これまでのことを打ち明けた。でも記事を読んだ私は、二十年前同様、万人の前でお漏らしをしたときのような恥ずかしさにとらわれていた。記憶の本質は遠い歳月の彼方へ消え去り、脚色された刺激だけが腿の内側に残った。

記憶が戻り始めて以来、習慣のように、事件当時住んでいた町を訪れていた。訪れたところで、かつて暮らした家も私を知る人もすでにないのだが、なぜか足を向けずにはいられなかった。火山灰に覆われた町で遺物を探す考古学者のように、かつて暮らした町を歩きに歩いた。記憶を裏付けるものが残っていないかという期待を胸に。

　そうするうちに偶然、有意義な〝発見〟をしたこともある。今は高層マンションが立ち並ぶ町の中で、まるでそこだけがモノクロ写真のようにそのまま残っていた。古い写真館だった。〝父母の日《オボイナル》〟の記念に両親と家族写真を撮りに来たことを、ぼんやりと思い出していた。ところがその店のショーウインドーに、見慣れた顔、いや、まさに二十年以上前の、幼いころの私の姿を見つけたのだ。初めは、幻でも見ているのではないかと自分の目を疑った。やがて写真の中の子どもが自分だと確信すると、手足がじんじんしびれてきた。ちょうど戻ってきた店の主人に案内され、中へ入った。

　店の主人に、あの写真の子どもが誰か知っているか、なぜあの写真が飾られているのかと問い詰めるように尋ねた。でも、淡白な印象の店主は、自分は祖父の店を継いだだけで、写真の出どころはわからないと首を振るばかりだった。そして、単に客の写真の中で出来のいいものを飾ったのでは、と言った。そのことばに、もしやという期待が、やはりという失望に戻っていった。

　けれどその後も、私はしばしばその写真館に立ち寄った。そしてショーウインドーに飾られた自分の写真を見つめながら、じっと立ちつくしていた。写真に見入っていると、二十年前の私が現在の私に話しかけてきた。

〃もういいよ。充分。私はここにいるから、
すべて忘れて、あなたは自分の人生を生きるの〃

私は呪文をかけられたように、その町を訪れることも、写真館の前で子どものころの写真にじっと見入ることもやめた。代わりに、その写真館で証明写真を撮った。そして店主に、子どものころの写真の代わりに現在の写真を飾ってほしいと頼んだ。私の思い詰めたような表情を見て、ありがたいことに店主はわけも尋ねず写真を取り替えてくれた。こうしてショーウインドーの写真を現在の写真に替えた瞬間、私はきっぱりあきらめた。過去の記憶を追うことを。

引っ越しを決めた。寂しくて韓国に戻ったけれど、アメリカでの生活とこの一年間の生活にさほど違いはなかったからだ。塾に辞職願いを出して家を処分し、荷物をまとめた。

ふと、塾に勤め出したころの、歓迎会を兼ねた食事会を思い出した。酔っ払った私はわれを忘れ、隣にいた同僚の講師に「私は四十九日間という時間を失った子なの。貯水槽で四十九日間生き延びたのよ」と、するつもりのなかった告白をした。おかげで食事会の席はシベリアの大平原ほどの静けさに包まれ、その後の職場生活は居心地の悪いものになった。

そう、二十年が過ぎたのだ。九歳の私は何も知らなかった。一夜にして自分に注がれ始めた関心がただただ不思議で、興奮していた。のちには自分だけが知らないという事実が耐えがた

いほど怖くなった。そして二十年後、今さらのように古い記憶を思い出しながら、毎夜悪夢にうなされている。けれど、私の記憶に共感したり同情を寄せる者はいない。誰一人、失われた私の時間を覚えていないのだ。

みんなが知っている話。けれど私だけが知らなかった恐怖。誰も知らない話。けれど私だけが知っている恐怖。何をどうすれば、この恐怖を拭い去ることができるのだろう。

できるだけ早く出国することにした。私は荷物をまとめながら悩んだ。アメリカに戻って、何をして暮らそう……。これといった手立ては思い浮かばなかった。いや、韓国だろうとアメリカだろうと、はなから私の居場所などなかったのかもしれない。

「まるでガラスの壁と話してるみたいだ」

いつだったか恋人にそう言われた。韓国に戻ってから、しばらく付き合っていた人だ。彼のことを心から愛していると思っていた私は、大きなショックを受けた。でも認めないわけにはいかなかった。友だちの前でも、職場でも、恋愛をしても、心の奥底をのぞかれるのが嫌だった。目の前にいる人が私について、私の記憶に関して、どんな反応を見せるか不安だった。好奇心むき出しで飛びかかってこないか、反対に、本心を見せたとたん冷たく突き放されたりしないか。見えない壁で自分を守っていた。

誰にも正直になれないまま、常にある程度の距離を保ってきた。ひょっとすると、子どものころに人の反応を見て感情をコントロールしていた習慣が抜けないのかもしれない。そのせいか、真の友だちも、なくてはならないほどの恋人もいたことがない。好意を持って近付いてきた人たちも、結局は透明で頑強なガラスにぶつかって離れていった。

そのたびに、茫漠とした宇宙をひとりぼっちで漂っている気がした。ねとねとした粘液のような記憶だけが、自分自身と現実をつないでくれる媒体になっていた。初めはその記憶が、酸素ボンベにつながるチューブだと思っていたのに、いつからか互いに絡み合いもつれ合って、私の首を絞めていた。生きるために、そのチューブを切るときが来たのだ。私にできることは、もう一度すべてを忘れ去ることだけ。そう思うと、心が静かになった。

出国の日に合わせて荷物を送り、最後に、一年間それなりに慣れ親しんだ町をひと回りしてみようと思った。私が知っているのは、塾の行き帰りに見る、暗い町の姿だけだった。そんなイメージしか持ち帰れないのなら、記憶の中の一年があまりにわびしいものになってしまう。ただでさえ移り気でコントロールがきかない記憶だ、どうせなら穏やかな温かい記憶を残したい。

すがすがしく涼しい日だった。風景を写真に収めて帰ろうとカメラを準備し、町を取り巻くように流れている小さな川に沿って歩いた。辺りは家族で散歩に来た人たちやカップル、友人同士、その飼い犬など、週末の気だるい午後を楽しむ人々でにぎわっていた。ころころと笑う赤ん坊、犬用ガムを追いかけて走る犬、手をつないで歩く老夫婦といった、できるだけ前向きで温かいイメージをカメラに収めた。万が一この一年間の記憶を思い出せないことがあれば、この写真を見て「そうは言っても、やっぱり韓国は美しいところだった」と記憶を捏造できるように。

カメラに諸々の風景を収めていたそのとき、遠くでジョギングをしていた人がこちらに近付いてきた。何気なくレンズを向けると、ザッ——ザッ——と走ってくる男の姿が捉えられた。私は何かにとりつかれたようにシャッターを切った。シャッターを切るたび、男はだんだん近くなる。ふと、相手が方向を変えずこちらに直進している気がして、私はやっとレンズから目を離した。

ほどなく、男の足、手、腕、髪……そして匂いを感じた。

次の瞬間、それが私を貯水槽に閉じ込めて四十九日間という時間を奪った「彼」であると直感した。悲鳴を上げた。そして周囲の人々に助けを求めた。

「あの人が私を誘拐したんです！　あの人に閉じ込められたんです！　あの人です、あの人なんです！」

でも、人々は頭のおかしい人間を見るようにあざけりながら通り過ぎていく。ある人は、ひっくり返ったゴキブリのように足をばたつかせている私に罵声を浴びせた。当然だ。誰もあの四十九日間について知らないのだから。今この場所でそれを知っているのは、私だけ。少しずつ彼の姿がはっきりしてきた。彼との距離が、貯水槽から見上げていたときの距離まで縮まった。彼が、かぶっていたジャンパーのフードを脱ぐ。切れ長の目が私を見つめる。

閃光《せんこう》が走った。

いやなにおいが鼻をつき、水滴がポタ、ポタ、と眉間に落ちてくる。苔でびっしり覆われた壁に爪の痕を見つける。ゴキブリが太腿を這い上がり、ネズミの死骸がかかとに当たる。ザッ、ザッ、という足音が聞こえ、ギギギ、とふたが開く。三日月の形から少しずつ膨らみ、満月のように降り注ぐ光の中に現れた顔がこちらをのぞく。のっぺらぼうのように白くぼやけていたその顔に耳が生えた。次に口が、鼻が、そして目が。

〝大丈夫。すべてうまくいくよ〟

赤い唇が動く。ようやく一年かけた記憶の地図が、いや、二十年間失《な》くしていた記憶が完成した。想像の中のアリスのウサギ。

まさしく彼だ。

彼がこちらに向かって、ザッ、ザッ、――と駆けてくる。

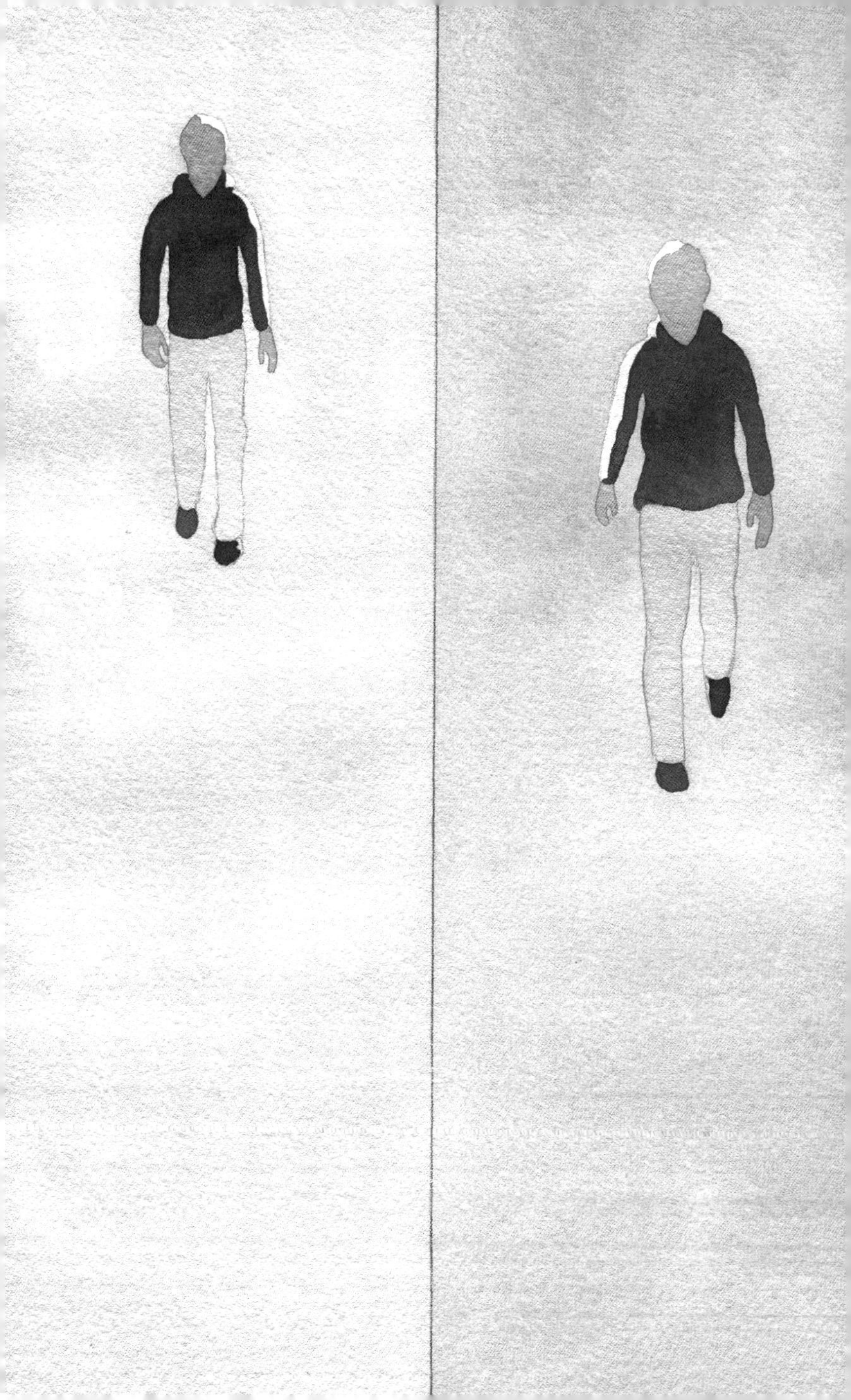

3

みんな知ってる

一九九五年三月七日　現像液に浸したフィルムに何かがゆっくりと浮かび上がる。だが明暗の差が大きくなるだけで、被写体が何なのかはわからない。少年は現像した写真をピンセットでつまみ上げ、ロープに吊り下げて乾かす。じっと写真を見つめる少年の瞳には何も映っていない。少年の瞳のように何も写っていない写真がずらりと並んでいる。少年は最後の写真をロープに吊るすと、一歩後ろに下がる。すると写真が一体となり、一つのパノラマになる。ようやく形となって現れたのは、空だ。だだっ広い空が暗室いっぱいに広がっている。晴れて透き通った空ではなく、どんよりと空虚な空。少年の瞳のような。

地下の暗室から外部へつながるドアは二つある。一つは少年の祖父が営む写真館へ、もう一つは少年と祖父が暮らす自宅へつながるドアだ。写真館と自宅のあいだにはささやかな庭がある。

少年は暗室から居間へとつながる階段を上っていく。朝だったが、室内は分厚い遮光カーテンのせいで夜のように暗い。その闇の中で、テレビの画面だけが光を放っている。テレビと向かい合うロッキングチェアがギイギイ揺れている。椅子には少年の祖父が、木彫りの人形のごとく枯れたように座っている。老人は人の気配を感じ、ゆっくりと頭を巡らす。少年がいる場所を捉えようとするように、瞳が二、三度、宙をさまよう。その瞳は魚のそれのように、焦点を失い色褪せている。少年が撮った空と同じ色だ。

少年が自分の場所を知らせるために小さく咳払いすると、老人はようやく安堵したように顔を戻す。そしてまた、テレビの画面に視線を固定する。コメディ番組から聞こえてくる薄っぺらい笑い声だけが、少年と老人のあいだによどむわびしい静けさをかき散らす。

「ワン、ワン！」

遮光カーテンの向こうの庭から、犬の吠える声が花火のように弾ける。

少年は庭へ出る。ひっそりとした家の雰囲気に似合わず、元気すぎる犬が少年の膝にしがみついて尻尾を振る。犬の頭を撫でたとたん、こわばっていた少年の顔に笑みが浮かぶ。

そのとき、庭の外壁をつたって近所のおばさんたちのしゃべる声がなだれこんできた。聞けといわんばかりの大声が、塀を軽々と飛び越えてくる。その会話が、否応なしに少年の耳に飛び込む。

「この家のお嫁さんの、浮気相手の子だって言うじゃない。種は外でもらっといて、ぬけぬけとこの家で産んだんですって。慌てて赤ん坊を便器に突っ込んで殺そうとしたって話よ。信じられる？」

「まだあるわよ。それがばれて旦那とつかみ合いのけんかをするうちに火事になって、二人とも焼け死んだっていうんだから。子どもだけ生き残ったそうよ」

「仕方ないからこの家のおじいさんが赤ん坊を引き取ったらしいけど、いたたまれない話よね。血もつながっていないうえに、息子を殺した女の子どもなんだから」

少年をかばうように、犬が勇ましく吠える。女たちは芝居がかった様子で「あら」と驚いて飛びすさる。女たちが消えた後も、犬はまだ腹の虫が治まらないのか、しばらく吠えたけっている。少年は表情のない顔で、犬を撫でてなだめてやる。

一九九五年三月十日　閉鎖された化学工場の屋上に、青色の貯水槽が一つ、ぽつんと置かれている。

その貯水槽の裏側で、少年が背をもたせかけて座っている。少年は古い日本製のフィルムカメラで写真を撮る。カシャ——カシャ——。シャッター音で空が切り取られていく。そしてふと、心引かれる被写体を見つけ、ぐっとレンズをのぞき込む。

レンズに映る風景の中に、一人の女が無表情で立っている。体と顔にやけどを負った異様な姿だ。少年ははっと驚いてカメラを落としそうになる。手足の関節がゆがんだ女は、ジグザグによろめきながら一歩、また一歩と歩み寄ってくる。少年は後ずさりするが、カメラが目に張り付いて離れない。カメラを引き離そうともがいているあいだに、女は少年のすぐ目の前に迫っている。少年の視界に、女のぞっとするような異形が、魚眼レンズ越しのようにゆがんで映る。女の腕はレンズの中へすっと伸び、少年の顔を覆う。レンズから飛び出してきた女の腕が、少年の白く小さな顔をつかんでぐにゃりとゆがめる。

「うわああああああ!!」

少年は悲鳴と共に、あらん限りの力でカメラを投げ捨てる。パリン、とレンズの割れる音が響き、女の幻も消える。割れたレンズの破片が少年の涙のようにきらめく。少年は恐怖と絶望に呑まれたようにうめいている。

一九九五年三月十六日　廃工場を出て自転車で帰っていた少年は、何やら騒がしい声に公園のほうを振り向く。近所の子どもたちが、誰が一番高くブランコをこげるかを競っている。浅黒い肌に、ふくよかな手足の一人の女の子が、歯を食いしばって両足を踏ん張っている。

「そおおおれ!」

少女は顔がくしゃくしゃになるほど力んで、とうとう隣の子より高いところまでブランコをこぐのに成功する。少年は無意識にカメラを持ち上げ、少女をレンズで捉える。

カシャ——カシャ——

シャッター音に合わせて、ブランコをこぐ少女の姿が連写で捉えられる。徐々にクローズアッ

プされると、晴れやかに笑う少女の無邪気な笑顔がレンズを埋めつくす。少女は汗に濡れた髪をかき上げながら勝利の喜びに浸っている。その健やかなエネルギーが、レンズ越しの少年の瞳にまっすぐ流れ込む。少年は夢中になって、休むことなく少女を撮り続ける。フィルムカウンターが0になり、それ以上シャッターが切れなくなってやっと手を止める。瞬間、気配を感じた少女が少年のほうを振り向く。少女と目が合うと、カメラを持つ少年の手が震える。少年は身ぶるいする。

少女はブランコ競争に勝ってご機嫌なのか、鼻歌を歌いながら家路につく。少年は距離を取りながら少女の後を付いていく。そして新しいフィルムをセットし、シャッターを切る。少女の姿を一瞬も逃すまいとするうち、いつの間にか少女との距離は縮まっている。手を伸ばせば少女の肩に届きそうだ。そのとき、少女が叫ぶ。

「お母さん！　お父さん！」

少女は一足飛《いっそくと》びに、買い物かごを提げた両親のあいだに割って入る。そして母親と父親の手にぶら下がりながら家へ向かう。どこからどう見ても、愛情をたっぷり受けて育った一人娘の姿だ。その風景を見つめる少年の瞳から熱が消える。

一九九五年三月二十日　少年は庭の縁台に腰掛けて何かを見ている。数日前に撮った少女の写真だ。そのとき、地面を掘って遊んでいた犬が近寄ってきて、少女の写真を舐める。

「お前も欲しぃのか？」

少年はやさしい手つきで犬を撫でる。玄関のベルが鳴る。犬がキャンキャン鳴きながら玄関へ走っていく。

ドアを開けると、郵便屋が立っている。彼は少年にいくつかの請求書をわたしながら訊く。

「おじいさんはお昼寝しているのかな？」

少年が頷《うなず》くと、彼は家の中をそっと窺うように見てから、残念そうにこう付け加えた。

「そうか、じゃあ挨拶はまた次にするよ。こいつめ、大きくなったな」

郵便屋が犬の頭を押さえるようにして顎を撫でると、犬も慣れた様子で尻尾を振り、郵便屋の手を舐める。

郵便屋が帰ると、少年は冷めた目で犬を蹴りつける。少年の足蹴りを受け、犬はよだれを引きながらひっくり返る。

一九九五年六月四日　空の写真で覆いつくされていた暗室は今、少女の日常を撮った写真でいっぱいだ。

時の流れを示すように、写真の中の少女の服装は長袖から半袖に変わっている。少女はこの間、少しだけ背が伸び、肌はいっそう小麦色に焼けている。おてんば少女そのものといった姿に、少年はくすりと笑う。

少年は現像した写真を箱に入れ、パタパタと居間への階段を上る。居間はいつものように遮光カーテンで遮られ、夜のように暗い。そしてこれもいつものように、テレビだけがひとり何かをつぶやいている。

少年は気まずい空気をまたぎ越すようにして二階へ向かう。そのとき、何かがおかしいと気付き、足を止める。ロッキングチェアが揺れていない。少年はゆっくりと近付く。わざと大きく咳払いしてみるが、椅子に腰掛けている祖父はぴくりともしない。そっと祖父の肩に手をのせる。その上半身が待ち受けていたかのように、抵抗なく横に倒れる。生気を失った灰色の瞳が少年を凝視する。

少年はとっさに家を飛び出し、自転車のペダルをこいで疾走する。少年を取り巻く空気が墨を含んだように濁り始める。少年から黒い空気が広がってゆき、最後には黒いトンネルに閉じ込められて世界が真っ暗になる。少年は闇へ、闇へ、果てしない闇の穴へと吸い込まれていく。そうして、追いかけてくる死から必死で逃げ続ける。

パアッ――

出口の見えなかった暗黒のトンネルの彼方に、光が見える。少年は再び全力でペダルをこぎ、光に向かって突き進む。目のくらむような光と共に幻も消え、現実が舞い戻る。少年はペダルからゆっくりと足を離して、息を整える。いつの間にか少女の家の前に来ている。少女が玄関の扉を開けて飛び出してくる。

「いってきまーす!!」

少女の声に、はいはい、と少女の母親が答え、玄関が閉まる。少女はのんびり鼻歌を歌いながら路地を出ていく。少年は距離を置いて、少女の後を追う。

路地を歩く少年と少女の後ろから陽射しが照り付ける。暑さに負けたのか少女の足取りが重くなる。と、商店のアイスクリーム用冷凍庫を見つけて、顔に生気が戻る。少女はアイスクリームの山の中から一つを選んで取り出し、店主に代金を払う。

少女は店の前に置かれたプラスチックの椅子に腰掛け、アイスクリームを食べながら涼む。少年はしばらくためらっていたが、やがて決心したように歩み出す。そのとき、店の隣にある電話ボックスで通話していた男が出てきて、少女にまっすぐ近付いていく。少年は足を止めて様子を窺う。

「ユシンの友だちだろう？　何て名前だったっけ？」

男の問いかけに、少女は頷きながら答える。

「ヨヌ。チョン・ヨヌです」

「そうそう、ヨヌちゃん。ユシンが今ひとりぼっちで家にいて、退屈してるんだ。おじさんが仕事してるあいだ、ユシンと遊んでてくれないかな？　送っていくから」

そのことばに、少女は疑いもなくワゴン車に乗る。少年が引き止める間もなく、少女を乗せたワゴン車が出発する。少年は慌てて、再び自転車のペダルに足をかける。そしてペダルを壊しそうな勢いでこぎ、ワゴン車を追いかける。

二十分ほどワゴン車を追って走った少年は、心臓が張り裂けそうになってペダルから足を離す。これ以上は無理だと思った瞬間、前方の下り坂の手前でワゴン車が停まった。少女がワゴン車から降りてくる。降りかけて足を踏み外し、思い切り転んでしまう。そんな少女を置いたまま、ワゴン車は急発進でいなくなった。

ひとり置き去りにされた少女は、ここはどこだろうという目で立ちつくしている。少女の手には五千ウォン紙幣が一枚、もう一方の手には食べ終えたアイスクリームの包み紙が握られている。

閑散とした道路。行き交う車は一台もなく、辺り一面は田畑、一つ向こうの筋には閉鎖された工場群がぽつぽつ見えるばかりだ。少女は涙と鼻水をひと息にすすり上げた。そしてとぼとぼと道に沿って歩き出す。少年もまた少女の後を追い始める。心細さのあまり、少女はしきりにすすり泣いている。ワゴン車を降りる際に怪我した膝から血が流れている。そのとき、手に握っていた五千ウォン札が風に吹き飛ばされた。驚いた少女が、紙幣を追ってあたふたと駆け出す。

少年の自転車のタイヤの前にひらりと紙幣が飛んできた。少年は腰をかがめて紙幣を拾う。そして少女に差し出す。少女はしばしためらってから、少年が差し出した紙幣を受け取る。ワゴン車を追ってきた少年は、汗まみれになっている。そんな少年を、少女はぼんやりと見上げる。だが強烈な陽射しに遮られて、少年の顔は見えない。少女は少年の顔を確かめようと目を細める。

「怪我してるね。送ってあげるよ」

少年は少女の膝の傷を見ながら言った。少年のことばに、少女は魔法にかかったように自転車の荷台に乗る。


少女を乗せた少年の自転車があぜ道を横切っていく。少女は黙ったまま、汗に濡れた少年の背中を見つめている。だが、家への道はおろか見慣れない風景が続き、少女は少年の白いシャツをぎゅっと握って言った。

「わ、私……家に帰りたいの」

少年は答えず、いっそう力を込めてペダルを踏む。少年の自転車が、少しずつ少女の家から離れていく。少女はごくっとつばを飲み込む。そして決心したように、荷台から飛び降りる。少女の分の重みが消えると、自転車がバランスを崩してふらつく。少年は驚いて急ハンドルを切る。

「あっ！」

少女はくぼ地へ、ダンゴムシのようにごろごろと転がり落ちていった。

少年は自転車を停め、風を背によろよろとくぼ地へ下りた。倒れていた少女もゆっくりと意識を取り戻す。少年が帽子を脱いだ。だがすさまじい陽射しは、少年の顔を見えなくしていた。

少女は急に怖くなり、叫んだ。

「お……お母さん！」

だが少女の声は風にさらわれ、ふわりと飛んでいってしまった。


少年はいつも一人で訪れていた廃工場にやってくると、気絶している少女を抱き上げて貯水槽のある屋上へ上った。ふたを開けると、薄暗い貯水槽の中からちゃぷちゃぷという水の音だけがかすかに聞こえてくる。少年は少女を背負い、はしごをつたって貯水槽の中へ下りる。そして少女を床に横たえると、再びはしごを上っていく。すっかり外へ出てしまう前に、少年は少女を振り返る。少女は穏やかな眠りについているように見えた。少年ははしごを引っ張り上げて外へ出す。ふたが閉まっていくにつれ、貯水槽の中へ丸く降り注いでいた光は半月になり、

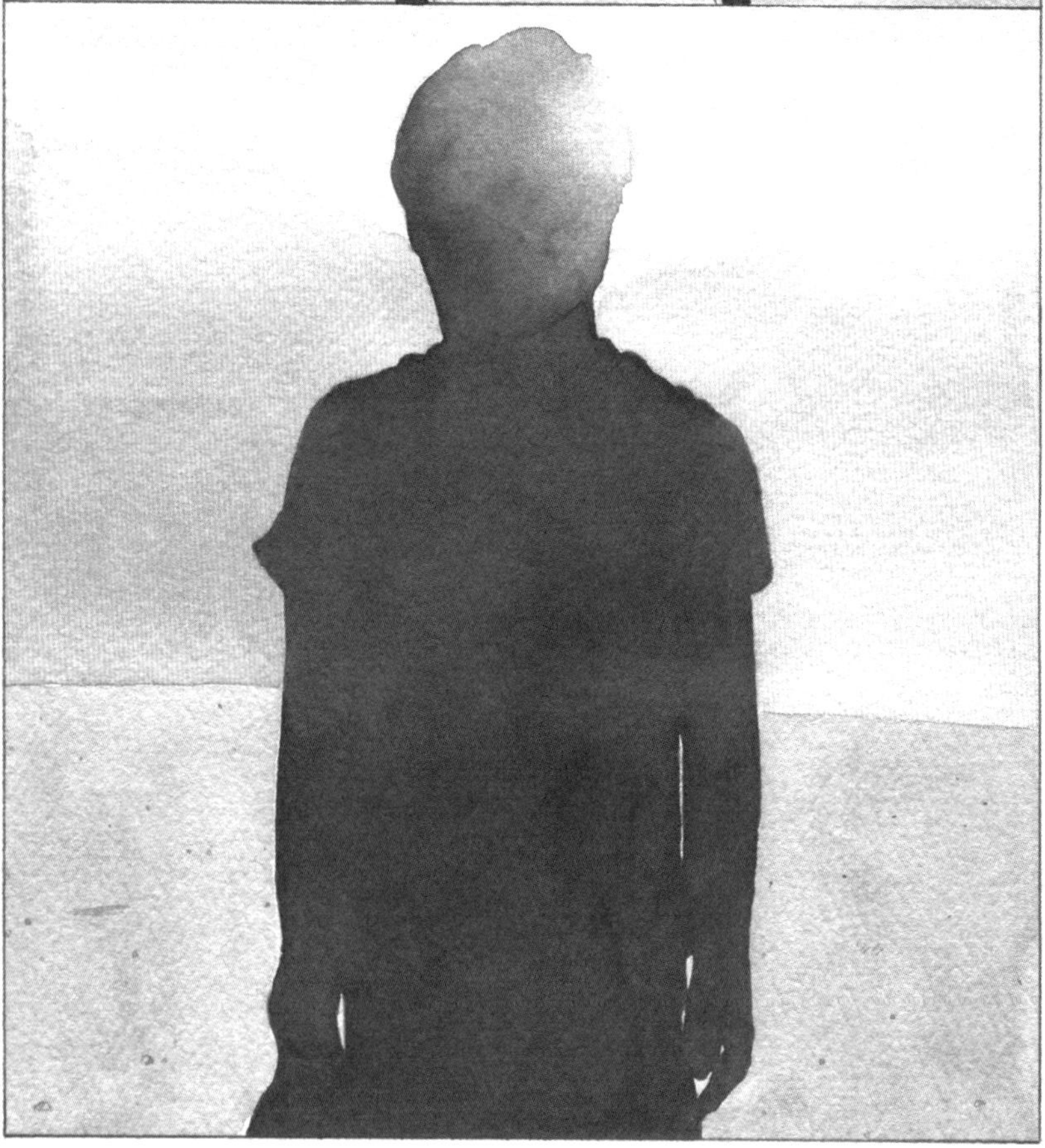

やがて完全に姿を消した。

少年の家の玄関前に人垣ができている。誰かが祖父の遺体を見つけたようだ。少年が自転車を押してきて家の前に停めると、近所のおばさんたちは少年を避けるように道を空けた。ひそひそ声のあいだを縫って、少年が庭に入る。

少年よりも先に到着していた郵便屋が犬と一緒に近付いてくる。郵便屋は少年を見つけると、気の毒そうな顔でいたわるように話しかけた。

「残念だったね」

犬は少年を避けるように、尻尾を脚のあいだに入れて郵便屋の陰に隠れた。少年はふいに疲れを感じた。


一九九五年六月五日　遺影の中の祖父が、喪服に身を包んだ少年を見下ろしている。その視線を避けるように、少年はしきりに時計を見ていた。指がもぞもぞと忙《せわ》しなく動いている。

葬式が終わるやいなや、少年は自転車に飛び乗り、荒い息を吐きながら廃工場にやってきた。喪服のまま、手には食べ物が入った黒いビニール袋を提げている。

少年が貯水槽のふたを開けると、暗い内部に丸い光が広がった。その中で、恐怖に満ちた少

女の両目が蛍のように光る。少女の声が、震えながら貯水槽の壁をつたい上ってくる。

「だ……れ……？」

少年はそれに答えることなく、貯水槽のふたに頬杖をついてじっと中を見下ろす。上から見る少女は、まるで水槽に閉じ込められた魚、回し車から出られなくなったハムスターのようだ。

少女が泣く。

「うわあああん！　お母さん！　お母さあああん!!」

少女の泣き声に、少年はパンが入った黒い袋を投げ入れる。少し遅れて、パサッ――と袋が落ちる音が響く。そうして再び貯水槽のふたを閉める。少女の二つの瞳が暗闇に覆われる。

一九九五年六月二十日　貯水槽のふたが開き、黒い袋が落ちてくる。闇の中から、少女の両腕が触覚のように伸びて袋を引っつかむ。そしてパンを取り出し、むしゃむしゃ食べ始める。パンを食べる少女の姿を、少年はカメラに収める。

一九九五年六月二十五日　少女はふたが開くたび、恐怖に怯えて泣き叫ぶ。少女が泣くと、少年は携帯用カセットプレーヤーの録音ボタンをぐっと押す。テープが回る音と共に、少女の絶叫が録音される。

一九九五年六月三十日　ふたが開く。

黒いビニール袋が空から落ちてくる。

少女のうつろな瞳が落ちてくる袋を追う。すべてをあきらめたかのように何の抵抗もせず、おもむろに袋からパンを取り出す。そして呆《ほう》けたように、ただそれを食べている。少年もまた攻撃的なことはしないまま、貯水槽に閉じ込められた少女をひたすら〝見守る〟ばかりだ。

一九九五年七月五日　少年は手袋をはめて、少女が写った写真と音声テープを封筒に入れる。受取人の欄には黒いサインペンでＭＢＣ放送局と書く。しばらくして、赤いポストに黄色い封筒がポトリと投函される。

一九九五年七月十日　少女の家の前に、記者、警察、近所の住民たちがひしめいている。みなが一様に、誘拐事件についてまくしたてている。少年は自転車を停めて、一歩離れたところからその人垣を見ている。人垣の隙間から、記者のインタビューを受けている少女の両親が見える。少女の両親が嗚咽《おえつ》する。その様子を見ていた少年の口の端が上がる。そのとき、一人の記者が近付いてくる。

「近所の子かい？」

少年は穏やかな表情で答える。

「はい」

カメラが少年を捉える。

「簡単な質問をしてもいいかな。気楽に答えてくれればいいよ。チョン・ヨヌちゃんとは知り合いかい？」

少年は一拍置いてから答える。

「いいえ」

「じゃあ、チョン・ヨヌちゃん誘拐事件についてはどう思う？」

「……残念だと思います」

少年は世間をあざけるかのようにカメラレンズを凝視する。

一九九五年七月十六日　貯水槽の中を明かりがひと巡りしても少女の姿は見えない。少年は慌てて懐中電灯で四方を照らしながら少女を捜す。それでも少女は見えず、はしごをつたって貯水槽の中へ下りていく。まだ床に着く前から、悪臭が少年の足首にまとわりつく。歩くたびにゴミや汚物にぶつかる。
少年は貯水槽の隅に倒れている少女を発見する。安堵のため息をつきながら少女の肩を揺さぶってみる。だが、死んだようにぴくりともしない。少年が少女の頬を叩く。と、少女がぱちっと目を開ける。そして少年の腕に思い切り噛み付く。

「あっ！」

悲鳴と共に、少年は少女から二、三歩離れる。少女はその隙を逃さず、立ち上がってはしごのほうへよたよたと歩いていく。少年がすかさず少女の首をつかむ。

「放して！　放して！　お母さん!!　放して、放してよぉ!!　うわあああああん!!」

少女が泣き叫びながらもがく。だがすぐに力尽きたように失神し、少年の腕の中でぐったりとなった。こうして少女の抵抗はあっけなく終わる。

少年は少女を片隅にそっと寝かせた。やがてはしごが取り除かれ、ふたが閉まると共に闇が完成した。

一九九五年七月十八日　遺影の前のお香の煙が暗がりの中を上っていく。少年はロッキングチェアに腰掛けて、少女に噛み付かれた腕に薬を塗る。テレビは少女に関するニュースを伝えている。

「チョン・ヨヌちゃん誘拐事件は七週目に入った今も、捜査にこれといった進展はなく……」

冷めた目で画面を見つめていた少年は、テレビを切ってしまう。

一九九五年七月十九日　少女がフンフンと鼻歌を歌っている。

貯水槽の上で、少女に続いて少年も鼻歌を歌う。少女と少年の鼻歌はワンテンポずれている。

少年は鼻歌を歌いながら、相変わらず少女を見守るばかりだ。少女の空っぽの目から、涙がひと筋流れる。少年は鼻歌をやめる。そして言った。

「大丈夫……すべてうまくいくよ……」


一九九五年七月二十二日　庭の一角に火がくべられる。

少年が祖父の位牌から戒名の紙をはがして燃やす。紙が灰となって飛んでいくころ、郵便屋が庭へ入ってきた。

「今日、四十九日だよね？　ちょうど通りかかったから」

郵便屋は手に持っていた袋を少年にわたす。梨が二つ入っている。

「本当に立派な方だったよ……お腹を空かしていた僕にご飯を食べさせてくれて、学費を出してくれたんだ……僕だけじゃない、おじいさんの目がまだ見えていたときは、近所のお年寄りたちの遺影をただで撮ってくれて……」

郵便屋の目に涙が溜まる。少年は、すすり泣く郵便屋を無表情な目で見つめる。

「君が一番つらいだろうにね。元気を出すんだぞ」

われに返ったのか、郵便屋は袖で涙をぬぐい、少年の肩を叩く。

郵便屋が帰ると、少年は祖父の遺影と向き合って座る。遺影の中の灰色の瞳が、少年をじっと見ている。少年も負けじと遺影の中の瞳を見返す。そして過去のある日を思い出す。

少年が玄関を開けて入ってくると、暗い居間に光が差した。祖父はいつもと同じように、椅子に座ってひとり酒を飲んでいる。祖父に近付いていく少年の目が何かを捉える。祖父の手には、死んだ息子の写真があった。少年の父、いや、養父だ。祖父は杯を続けざまに空けながら、うめくような低い声で泣いている。少年が祖父の肩に手をのせようとした瞬間、泣いていた祖父がゆっくりと顔を上げた。玄関の隙間から差し込む光の中に、まだ色褪せる前の、祖父の黒い瞳が浮かび上がる。と、その瞳いっぱいに少年への恨み、憎しみ、嫌悪が浮かんだ。その息を呑むような激しい怒りに、少年の瞳が大きく揺れた。

翌朝、少年は起きたばかりの乱れた髪のまま、何かを作った。二つのマグカップに牛乳を注ぎ、そのうちの一杯に、親指ほどのガラス瓶に入った透明な液体をわずかに加えた。準備を終えた少年は、牛乳の入ったマグカップを手に居間へ向かった。そして一杯を、ロッキングチェアの脇のテーブルに置いた。一瞬、少年はそこに置いた牛乳が透明な液体を加えたほうなのかわからなくなった。少しのあいだ悩み、手に持っていたマグカップとテーブルに置いたマグカップを取り替えた。

間もなく、祖父が新聞を手に居間に出てくる音が聞こえた。少年は二階へ続く階段を上った。祖父はいつものようにロッキングチェアに座り、テレビを点けた。そしてテーブルに置かれたマグカップを持ち上げて飲み始めた。ふと、違和感を覚えた彼はカップを見つめた。だがほどなく、牛乳をきれいに飲み干した。

少年は階段の途中に腰掛けて、祖父が牛乳を飲む様子を見守った。そしてポケットから〝工業用メタノール〟と書かれた小さなガラス瓶を取り出して眺めていたが、祖父が牛乳を飲み干したのを確認すると、自分も牛乳を飲んだ。

こうして、祖父がメタノール入りの牛乳を飲む姿を、少年は毎日のように階段から見守った。そして時が過ぎ、ある日。少年はとうとうその目で見た。自分を嫌悪の眼差しで見つめた祖父の両目が、メタノール中毒で光を失い、灰色に変わっていくのを。

少年はわれに返り、遺影の中の祖父の目と向き合う。一瞬、寒気を感じる。額《がく》から写真を取り出し、火を点ける。写真の中の二つの瞳がじわじわと燃えてゆき、パチパチと音を立てて完全な灰と化した。

一九九五年七月二十二日　少年は貯水槽のふたを開けた。光が差し込むと、少女が眩《まぶ》しそうに上を見上げる。

「終わり」

少女は意味がわからず、目をしばたたかせる。

マンションの前に少年の自転車が停まった。ほどなくして少年の自転車が立ち去ると、倒れた少女が前庭に残されていた。

一九九五年七月二十三日　静まり返った室内。ロッキングチェアのギイギイ揺れる音だけが聞こえる。少年は足で椅子を揺らしながらテレビを見ている。画面には、少女の生還を知らせる特報が立て続けに流れている。

一九九五年七月二十四日　有力な容疑者の疑いが晴れ釈放されたという速報が流れる。ニュースキャスターは、男が少女の同級生の父親であり、少女が行方不明になった日、彼の車に少女が乗っていたという状況を伝えていた。少年は、少女を乗せて走っていたワゴン車の持ち主がその男であることを直感し、あ、と声を漏らす。

一九九五年八月二十六日　記憶を失った少女の近況と、捜査が手詰まりだというニュースが流れる。少年は画面を見つめながら、牛乳をごくごく喉に流し込む。

一九九五年九月三十日　朝の番組で少女誘拐の話題を伝えている。少女の両親が借金返済のために誘拐を自作自演したという噂の真相を掘り下げるというものだ。刺激的なシーンを編集した二十分余りの内容は、結論のないままうやむやに終わった。
少年は興味深い映画を見るように、頰杖をついて画面を見つめる。

一九九六年一月二十日　少年はリモコンでテレビのチャンネルをひと通り切り替えていく。だが、少女についてのニュースはもう出てこない。代わりに流れているのは、おどけた格好のコメディアンが登場する番組ばかりだ。少年はリモコンのボタンを押してテレビを消した。暗い居間の唯一の光が消えると、少年に取って代わり闇が主《あるじ》となった。

一九九六年六月一日　人々が、空港のロビーをひっきりなしに行き交う。カメラのレンズ越しに、移住を決めた少女と両親の姿が見えた。少年は、手続きを終えて出国ゲートをくぐる少女の後ろ姿に向けてカシャッ——とシャッターを切った。

二〇一六年四月六日　ひっそりとした路地裏に佇む小さな写真館。二十年前と不思議なほど変わっていない。素朴な外観どおり、簡素な雰囲気の内部へ入ると、少年、いや、いつしか三十代半ばとなった「彼」が座っている。穏やかな表情で、カメラのレンズを乾いた布で磨いている。窓の向こうに、花びらが軽やかに舞い落ちている。
チリリン——。鈴の音と共にドアが開き、客が入ってきた。二十代後半とおぼしき、おとなしそうな女性だ。肩にのっている花びらを振り払おうと、うつむいたまま尋ねる。

「今撮ったら、すぐに受け取れますか？」

女の問いに、男は淡々と迎え入れた。

「ええ、中へどうぞ」

やさしい声に、女が顔を上げた。次の瞬間、女は男の落ち着いた爽やかな雰囲気に呑み込まれる。

間もなく、カメラのフレームに、証明写真を撮るために座っている女の姿が収まる。笑顔がぎこちない。

「誰かに追われてるんですか？」

男が訊くと、女はびっくりして問い返した。

「え？」

「リラックスしてください」

男が見本を見せるように自然な笑顔をつくってみせると、女の指先にびりっと電流が走った。

ユハ写真館

4　みんな知らない

ぎこちない笑みを浮かべたままの女の証明写真が、パソコンのモニターに映し出される。男がフォトショップで写真を補正すると、女はことばでは言いにくいのか、修正したい部分の近くを指で指し示した。

「こ……ここ……」

男がマウスを動かしながら訊き返す。

「ここですか?」

女はもどかしげに、画面の中の顎の部分に指で触れる。

「い、いえ。顎をもう少し細く」

男はようやくマウスで顎の部分をドラッグし、カーブボタンを押す。

「どうして。このままでもきれいなのに」

悪い気はしなかったらしく、女の顔はふっとほころんだ。男は完成した証明写真を封筒に入れながら言う。

「この辺に住んでるんですか」

「え？　はい」

女が動揺し、顔を赤らめる。男は写真をわたしながら言う。

「そうかあ」

女はなぜかまともに目を合わせられず、もじもじしながら尋ねる。

「い、いくらですか？」

二〇一六年四月八日　灰色の塀に沿ってツタと花が並んでいる路地裏を、男が歩いている。手首には牛乳が入った黒いビニール袋を提げている。そのとき塀の上で、やせ細った黒い子猫がニャアと鳴いた。男が塀を見上げると、子猫は自分の存在を知らせるように、いじらしい鳴き声を上げた。
男が立ち止まってじっと見ていると、子猫は臆することなく、ピョンと彼の肩に飛び乗った。男は猫を落とさないようにおそるおそるしゃがんだ。そして手首に提げた袋から牛乳を取り出し、くぼめた手のひらに注ぐ。すると子猫は男の腕をつたって手のひらまで下り、さらに、怖がることもなくペロペロと牛乳を飲み始めた。猫の舌はこそばゆく、男は必死で笑いをこらえる。その刹那、男の顔が少年の顔に戻った。

二〇一六年四月十五日　何かを捜して路地を見回していた男は、ニャアという鳴き声に自転車を停めた。そして、古紙の山の上にうずくまっている子猫を発見する。男は猫を膝にのせてやさしく撫でる。子どものような微笑みをたたえて。

そのとき路地の向こうから、スウェット姿で髪を一つ結びにした女がやってきた。写真館に来ていた客だ。アイスクリームを食べていた女は男に気付くと、はっと驚いて壁際に身を隠す。女はなぜ自分が隠れなければならないのか不思議に思いながらも、思い切って出て行くことができないまま男を見守る。そのあいだ、男は指で子猫とじゃれている。女は彼の涼やかな姿にうっとりする。アイスクリームが溶けてサンダルにポトポト垂れているのにも気付かずに。

二〇一六年五月九日　しばらく留守にしていたのか、写真館の前に新聞や広告が積み重なっている。

男が旅行用のスーツケースを引きながら、写真館のドアを開けて入ってくる。積もっていた埃が舞い上がった。男は扇風機を回し、風を浴びながらひと息つく。

そのとき、人の気配を感じた。振り返ると、写真館のショーウインドーの陰に半ば隠れるように立っている女がいた。男は笑みを浮かべて中へと手招きする。女はようやく、照れながらも写真館のドアを開けて入ってきた。

「その、急に写真が入り用になって」

女のことばに、男は無言でカメラの埃を払う。

しばらくして、女は男のレンズの前に座る。普段の素朴な雰囲気とは打って変わり、めいっぱいおしゃれした姿がわざとらしい。女はそれをごまかすために、努めて自然な口調で言う。

「それが、この前撮ってもらった写真が気に入らなくて……」

男は女の姿勢を直してやりながら微笑む。

「そうでしたか。すみません。すぐに撮り直していれば……」

「どこか……旅行にでも行って来られたんですか？」

女は片隅に置かれたままの男のスーツケースを見て尋ねる。

「ええ、ちょっとアメリカに」

「アメリカ？　すごいですね。出張ですか？」

男は照明の角度を合わせながら答える。

「いえ……ちょっと見たいものがあって」

女は辺りを見ながら質問を続ける。

「見たいもの……？　自由の女神？　ナイアガラの滝？　それとも……エッフェル塔？　あ、それはパリですよね。それとも、恋人に会いに……？」

女がそれとなく探りを入れてみるが、男は微笑みを浮かべるばかりだ。

「では、撮りますよ」

男のことばに、女は背筋を伸ばしてにっこり笑う。

カシャッ。

二〇一六年六月二日　入国ゲートから続々と人が吐き出される。男は出てくる人を一人ひとりカメラのレンズで追う。そして何かを発見し、レンズをズームインする。立ちすくんで辺りを見回している少女、いや、成長したヨヌの姿がレンズに捉えられる。

カシャッ――。

二十年の時を経たヨヌの姿がカメラに収まった。男の胸が、旧友に再会したかのように弾む。

二〇一六年十一月二十三日　ヨヌは誘拐事件直後に通っていた病院を訪れ、担当医師との面談を申し込んだ。だが医師は亡くなって久しいと聞き、肩を落とす。

失望の色を浮かべたヨヌが控え室に向かっていると、男が自販機で牛乳を買って飲んでいた。ヨヌはコーヒーを買おうと財布をまさぐった。だが小銭がないのか、ため息をつきながら財布をしまう。そのとき、男が財布から五百ウォンを取り出して投入口に入れた。ヨヌが礼を言おうとするが、男は黙ってきびすを返し、影のように静かに廊下を去った。

二〇一六年十二月二日　ヨヌが子どものころの同窓生に会っている。
男は背後のテーブルで本を読んでいる。同窓生が先に席を立つと、ひとり残されたヨヌは茫然とした様子でコーヒーカップを見下ろしていた。男はヨヌが席を立つまで黙って読書を続ける。最後のページを読むころになって、ヨヌはやっと店を出る支度を始めた。男もようやく本を閉じた。

二〇一七年二月十二日　朝方の冷たい風の中、襟を合わせながらせかせかと写真館に向かっていた男は、ショーウインドーの前に立っている誰かを発見する。ヨヌだ。ヨヌはショーウインドーに飾られた写真を穴が開くほど見つめている。男が子どものころの彼女を撮った、あの写真だ。男は想定内のことだというように、ヨヌの後ろ姿をじっと見守る。やがて彼の手が、ゆっくりとヨヌの肩に近付く。そのとき、ヨヌが気配に驚いて振り向いた。貯水槽の中にいたあのときのように、困惑に満ちた眼差しが彼を見つめる。男の心の結び目がふっとゆるんだ。

「何かお探しですか？　どうぞお入りください」

男の案内で写真館の中へ入ったヨヌは、不安半分、期待半分の眼差しで尋ねた。

「ショーウインドーの子どもの写真、どうしてあそこに飾られてるんでしょうか」

男はゆっくり間を置いてから答える。

「どうしてと言われましても……。僕は祖父がやっていた店を継いだもので……そのときから飾られていましたよ」

「じゃあ誰が撮ったのか、どうして飾られているのか知らないんですか?」

「たぶんこの辺の子じゃないかと思います。お客さんの写真の中で、出来のいいものがあれば飾っていましたから」

ヨヌの顔に失望の色が浮かんだ。その姿を見つめる男は、今にもくしゃみが出そうに鼻先がむずむずした。そのとき、チリリンという音と共にドアが開き、女性客が入ってきた。

「どうも。出勤前にこのあいだお願いした……」

女は男のそばに立っているヨヌに気付き、ちらりと目をやった。

「ああ、すみません。お邪魔しました……」

女の視線に戸惑ったヨヌが店から出て行く。その姿を訝《いぶか》しげに目で追っていた女が男に尋ねた。

「誰です……?」

男は淡々と答える。

「会いたかった人」

二〇一七年五月十一日　男が自転車にまたがって早朝の路地裏をさ迷っている。ニャア、という耳慣れた鳴き声が聞こえると、自転車を停めた。男は嬉しそうに、牛乳とおやつを手に降りた。子猫はいつの間にか、成猫になっている。猫は男の懐に飛び込んでゴロゴロと喉を鳴らして甘える。

いつからそこにいたのか、スウェット姿の女がフードをかぶって塀の陰に潜んでいる。女は一度深呼吸したのち、決心する。今日こそ告白するのだと。手には男と一緒に食べようと用意したサンドイッチが二つ握られている。

男が猫とじゃれていると、塀の隙間から子猫のか細い鳴き声が聞こえてくる。男は不思議に思い、そちらへ近付く。猫は男の腕を抜け出し、子猫たちのそばへ向かう。そして、男にわが子を紹介するようにゴロゴロと鳴いた。と、その瞬間、男の表情がゆがんだ。

男は子猫を一匹ずつ壁に投げつけ始めた。母猫はなすすべもなく、男の足元をぐるぐる回りながら喉が張り裂けんばかりに鳴き続けている。その様子を見ていた女の手がぶるぶる震え、持っていたサンドイッチを落としてしまった。男が気配に気付いた。

女を見つけた男はすぐに近付いていく。もたもたと後ずさりしていた女は、何もできずにその場に凍り付いていた。男がすたすたと近寄って手を伸ばす。

猫の血が付いた、白く華奢な男の手が、女の視界に入る。女が軽蔑のこもった目で男を見つめた。その瞬間、男は頭痛を感じる。自分を見つめていた祖父の、憎悪に満ちた両目を思い出す。

「母親が浮気相手の子を便器に突っ込んで殺そうとして、挙げ句に焼け死んだんですって」

少年を嫌悪の目で見つめていた親戚たち、隣人、人々……。郵便屋の陰に隠れて唸り声を上げながら少年をにらんでいた犬の目。少年を見つめていた祖父の遺影。そんな軽蔑のにじんだ眼差しが交錯する。男の頭痛はますますひどくなった。

そのあいだに、女は足早に男から遠ざかった。われに返った男はすぐさま女を追いかける。恐ろしさで女の足が速まる。だが男の歩幅は大きく、女との距離はすぐに縮まった。男が手を伸ばすが、後一歩というところで届かない。女が壁づたいに角を曲がった瞬間、男の細く長い腕がついに女の背中に触れた。

ドンッ――。

工事現場のフェンスを越え、地盤が削られた絶壁の下に女は転げ落ちた。その衝撃で女の手足がひん曲がる。女はしばらくのあいだ、奇妙な姿でピクピク震えていたが、やがて息絶えた。その様子を見下ろしていた男は、ひどい頭痛に目を閉じた。

二〇一七年五月十二日　暗い部屋のどこかからうめき声がこぼれてくる。
ベッドの上で、男がだらだら冷や汗を流している。はしかにかかった子どものように、体中に赤い斑点が浮かんでいる。子宮の中の胎児のごとく体を丸めた姿は、触れればもろくも壊れてしまいそうだ。苦痛に、男は激しいうめき声を上げている。

汗のしたたる腹部に、胎児の足の形がぼこぼこと浮き上がる。何か長いものが白い肌を突き破りそうな勢いで暴れている。まるで、体内に巨大な蛇がいるように。男は吐き気をこらえきれず、トイレへ走る。

腹の皮を突き破って出てきそうなそれを阻止するため、男は爪で皮膚をかきむしりながらもがく。真っ白い肌に無数の赤い引っかき傷ができる。腹の中の何かは、男の内臓をロープのようにつたって這い上がる。男はとうとう、獣のような雄たけびを上げながらそれを吐き出す。便器にぶちまけられた赤黒い血塊《けっかい》はべとべとした粘液質の体液と入り混じり、魚のようにピチピチ跳ねている。

男は真っ赤な血の塊を見下ろす。待て。ただの血の塊ではない。手足はちぐはぐで、目鼻口もでたらめ、まるで内臓をぐちゃぐちゃに押し固めたかのような、奇異な姿の赤ん坊。男は自分が吐き出した生命体を見つめて驚愕《きょうがく》する。

赤ん坊は泣き声ともつかない、かといって獣の鳴き声でもない、この世のものとは思えない不気味な声で泣いている。がたがた震えながら、男は赤ん坊に手を伸ばす。はっと、不吉な感覚を覚える。

振り返ると、どこから出たのか、炎がちらついている。火はあっという間に、家中を燃やしつくしてしまいそうな赤黒い火柱に変わった。男は驚いて後ずさりしながら、その場にへたり込んだ。

「あ……ああ！　うわあああ!!　うわあああ!!」

いつの間にか、男のつま先と指先に火が燃え移っている。体をつたう火の勢いは、今にも男を呑み込んでしまいそうだ。男は恐れおののき、体に燃え移った火を消そうとばたばたもがいた。だが火は消えず、どんどん燃え盛っていくばかりだ。

男は大急ぎで便器に手を突っ込み、体に水をかけた。その瞬間、彼は気付いた。赤黒い血の塊が、いつしか真っ黒い灰に変わっていることに。彼の目が、クモの巣のように血走った。顔を上げて、便器の上の鏡をのぞく。

鏡に映る風景は、この上なく静かだった。


火の手は影も形もなく、男はじっとりしたトイレの床に倒れている。小窓から細く光が差し込んでいる。その明るみの端っこにかろうじて引っかかるようにして、男が泣いている。聞こえるか聞こえないかの細い声で。男は後ろポケットから何かを取り出した。薄いカードケースに写真が一枚入っている。まるで男に笑いかけているような、幼いころのヨヌの写真だ。男はヨヌの写真を、子が母に抱きつくように、母が子を抱くように抱きしめる。

二〇一七年五月二十日　写真館のドアが開いた。
かっちりした服装のヨヌだ。待っていたかのように、男の顔に微笑が広がる。

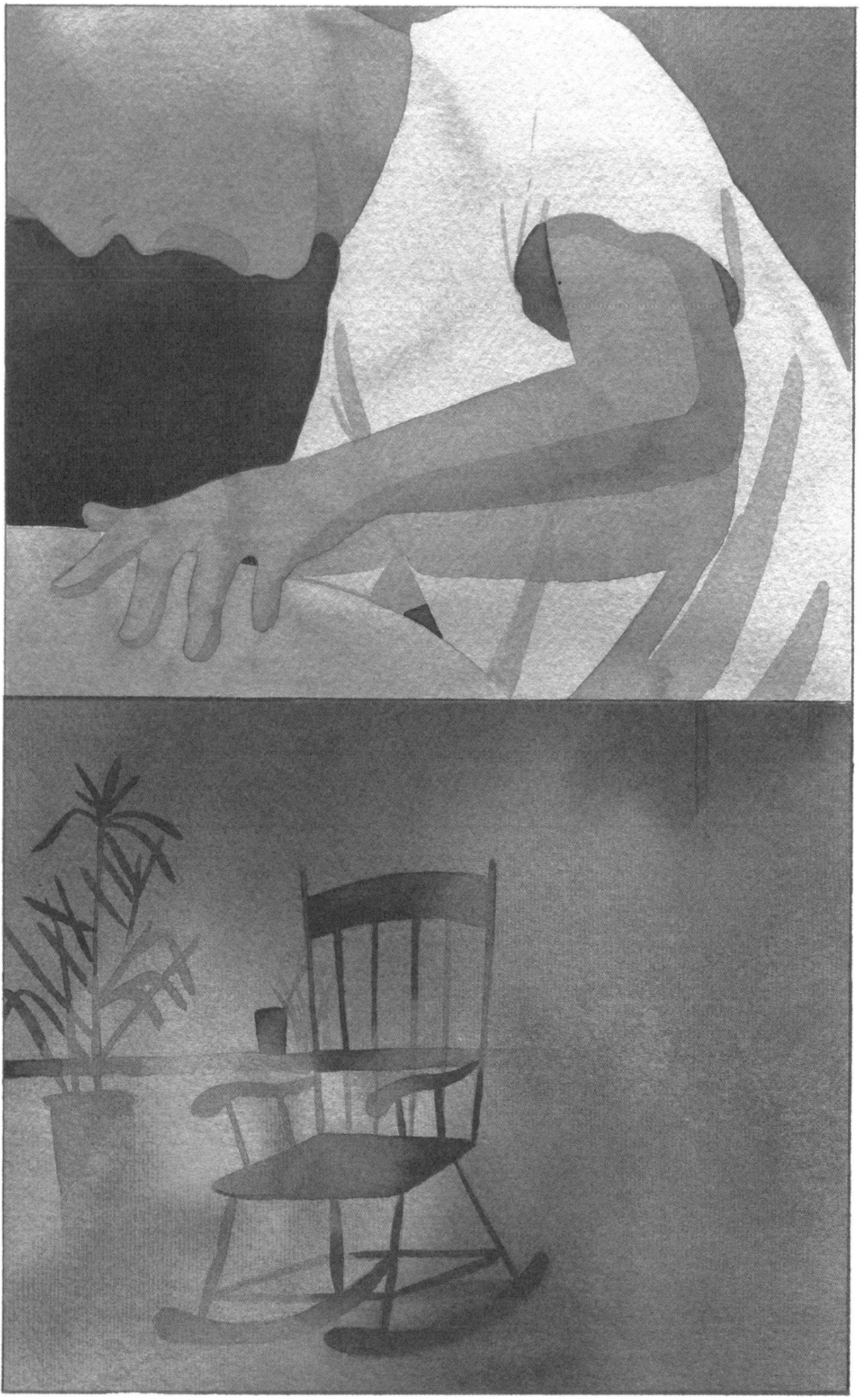

「いらっしゃいませ」

「写真をお願いします」

ヨヌのことばに、男は頷く。

男はカメラのレンズ越しにヨヌを見つめる。視線にやるせなさが浮かんだ。その視線の温度を感じて、ヨヌの表情がくずれる。その刹那をさらうように、ポンッというフラッシュの音が弾けた。

ヨヌに頼まれ、男はショーウインドーから幼いころのヨヌの写真を抜き取り、新しい写真と入れ替えた。古びた写真館のショーウインドー、他の写真はどれも色褪せているが、ヨヌの写真だけがやけに真新しい。

二〇一七年六月四日　男は公園にやってくると、軽く体をほぐし、運動靴の紐をぎゅっと結び直した。そのとき、子どもたちがころころと笑いながら男のそばを通り過ぎていった。一人の子どもが転んだ。男は子どもの手を取ってやさしく起こしてやる。子どもが無邪気に笑い、男も同じぐらい無邪気に笑い返した。
子どもが立ち上がって友人たちとその場を去ると、男はしばらくぼんやりと立ちつくして頭をかいた。ふと彼方に一つのシルエットを見つけ、ほっとため息をつく。ヨヌが写真を撮っている。

男はヨヌのほうへ一歩、また一歩と近付いていく。やがてザッザッと軽い足取りで走り始める。ザッザッ。徐々にヨヌとの距離が近くなる。ヨヌも男に気付く。そして……喉が張り裂けんばかりの悲鳴を上げた。

二〇一七年六月四日　これまで、ヨヌの夢の中でよみがえった四十九日間の記憶はモザイクのような小片の集まりだった。だが、それぞれのイメージがパズルが組み合わさるように正しい場所に収まっていっても、最後まで埋まらないピースがあった。「彼」の顔だ。

ところが次の瞬間、ブラックホールに吸い込まれるように最後のピースがはまった。公園でフードを脱いだ男の顔と、二十年前に貯水槽のふたを開けていた少年の顔が重なった。

男と少年は面映《おもは》ゆい微笑を浮かべている。

「ハッ!!」

ヨヌは止まっていた息を吐きながら目を開けた。恐怖に辺りを見回す。古い民家だ。薄暗い居間と静かな佇まいが、まるで二十年前の過去を再現したドラマのセットのようだ。ヨヌは当惑し、立ち上がろうとした。だが体はロッキングチェアに縛り付けられており、身動きできない。ロープをほどこうとしても皮膚がこすれて痛いばかりで、抜け出すことはできなかった。

ヨヌの視界に何かが入ってくる。片側の壁いっぱいに貼られた写真と新聞記事。それらを追っていくヨヌの視線がある箇所で止まった。瞳が揺れる。

壁一面を黒く覆いつくしている写真はすべて、かつて少年がヨヌの後をつけながら撮ったシーンの数々だった。その脇には、ヨヌの誘拐事件に関する記事と資料がスクラップされている。ヨヌの瞳孔がみるみる大きくなり、すぐに恐怖で収縮する。貯水槽の中で撮られた写真を見つけたのだ。暗い空間で恐怖に怯えるヨヌの姿が並んでいる。続いて、四十九日が経ったあと、ヨヌの回復していく様子。移任する直前の空港での写真。さらにその二十年後、入国する瞬間も。それればかりか、記憶を取り戻すために警察署や病院を訪ね歩く姿や、インターネット新聞に掲載された「忘れられた人々」という記事までもがずらりと並んでいる。まさしく、人生の地図を網羅したかのように。ヨヌの胃が、傷んだものを食べたかのように、むかついた。

トントン、と誰かが下りてくる音がする。ヨヌはぎくりとし、恐ろしさで筋肉がこわばった。男はシャワーを浴びたばかりなのか、タオルで髪の水気を拭いている。地味な服装が、白く細い体をいっそう華奢に見せている。手に持っているのは湯気の立つ牛乳だ。

「だ……誰……?」

男は動揺することなく、牛乳を飲みながらヨヌに近付いた。そしてロッキングチェアの前にあぐらをかいて座り、彼女を見上げた。ヨヌは何か言うことも、彼の視線を避けることもできない。男はそんなヨヌを穏やかな表情で見つめ続けている。

「あ」

男は思い出したように、ポケットから丸い何かを取り出した。クリームパンだ。男はパンの袋を開けて、ヨヌの口元に持っていく。その瞬間ヨヌの頭に、二十年前の貯水槽の中で、少年が投げたパンにかぶりついた記憶がよみがえる。

「あ……あなた……」

「これ、好きだったよね」

「誰……誰なの……あんた誰なのよ!!」

興奮して叫ぶヨヌを見つめる男は、写真が並ぶ壁に近寄った。そして、初恋の人を前にした少年のように恥ずかしげに言う。

「光を見たんだ」

男が剝がした写真は、初めてヨヌに出会った日、ブランコをこいでいる姿を写したものだ。

「僕が一度も手にしたことのない光」

壁に貼られたヨヌの写真と記事を眺めながら、男は子どものように浮かれた様子でしゃべり出す。

「アイスクリームが大好き。お父さんとお母さんと手をつないでブランコしてもらうのも。同級生の男の子に片思いしてた。髪はいつもショートカット。時々ピンで前髪を上げる。こんなふうに……」

男は手で自分の前髪をかき上げかけて、きまり悪そうに笑った。

「膝下までくる靴下が好き。黄色が好きで、夏も好き。それから、歩くときはちょっとだけがに股になる」

男は面白いものを発見したかのように一枚の写真を指さした。ヨヌの家族がアメリカで暮らしていたときの写真だ。男はおかしそうに笑いながら話を続けた。

「初めての海外旅行だった。飛行機に乗り遅れないかとはらはらしたよ……」

次の写真は、ヨヌの両親の葬式だ。

「ビザが出なくて行けないんじゃないかとひやひやした」

ヨヌは息をするのも忘れて、彼の話に聞き入っている。

「ひとりぼっちで寂しいんじゃないかと思って」

男はいたわるような眼差しでヨヌを見つめる。

「やめて!!」

ヨヌが叫ぶと、男は一度目を閉じてから、また開いた。

「やめて！　もういい!!　あなた誰なの？　どうして私なの？　目的は何？」

目をしばたたいていた男は頭をかいた。いたずらに写真をいじりながら長いあいだためらった末に、ゆっくりと打ち明けた。

「僕のものにしたかったんだ……君を」

ヨヌは放心したように首を振る。

「そ……それで……どうして今になって……」

男は照れくさそうに鼻の下をかいた。

「うん……僕を必要とする瞬間を待ってたんだ」

「……何……ですって？」

「君が完全にひとりになる瞬間」

男のことばに、ヨヌはもう一度壁を見やる。アメリカでの両親の葬式。そして韓国に戻り、警察署、病院、かつての知人を訪ね歩きながら自分の足跡を確かめようと必死になっていたヨヌの姿。


〝アリスのウサギ〟


ふと、ヨヌの頭の中にひとつながりのイメージが浮かんだ。病院の自販機の前で出くわした男、カフェで見かけた顔。彼女が二十年にわたってことごとく逃していたアリスのウサギが、男の姿に置き換わる。

「ずっと、寂しかっただろうね……？」

彼のことばに、ヨヌの目からはらりと涙がこぼれた。男が再び彼女のほうへ歩み寄った。彼はロッキングチェアの前にひざまずいて、ヨヌの顔へ手を伸ばす。男の白く細い指が、ヨヌの頬をなぞるように涙をぬぐう。ヨヌは抗うことなく、黙って泣いている。

ゴッ!!

次の瞬間、ヨヌが男の額に頭突きを入れると、男は衝撃でふらついた。ヨヌはその一瞬の隙をついてもがき、椅子に縛り付けられている手足のロープをほどいた。だが次にどうしていいかわからず、辺りをきょろきょろ窺った。振り返って逃げようとしたとき、男がヨヌの腰に覆いかぶさってきた。ヨヌは足をばたつかせたが、たちまちぐったりと倒れ込んだ。

やっとのことで目を開けた。辺りは一面、闇、闇、闇。ぐっと目をこらすと、ようやく視界が確保できた。一見倉庫のような地下室。埃の積もったがらくたと、現像後のフィルムがあちこちに散らばっている。ヨヌはひどい頭痛に、こめかみを押さえながら立ち上がった。

そのとき、ギギギ、と床をこする音と共に、一階に続くドアが開いた。眩しい光。その瞬間、貯水槽のふたが開き光が降り注ぐイメージが交錯した。開いたドアの下、男が半ば階段に腰掛けるようにして、倒れたヨヌを見ている。その瞬間、はしごの上でヨヌを見つめていた少年のイメージが重なった。恐怖でヨヌの体が震え始める。

男は穏やかな微笑みを浮かべて鼻歌を歌う。貯水槽の上で歌っていたあの歌だ。ヨヌは頭が割れそうになり、思わず喚《わめ》いていた。

「や……やめて!!」

男はぴたりと鼻歌を止める。

「目が好きなんだ。僕を見るその目が」

「あなた……狂ってる」

「君も僕が恋しかった?」

「もうやめて! いい加減にして!!」

ヨヌは嫌悪の目を男に向けた。その眼差しに男の表情がゆがんだ。静寂が流れる。次の瞬間、ヨヌは上半身を起こし、歯を食いしばってドアの開いた階段へと突進する。男がうろたえて身をすくめると、ヨヌは彼のズボンの端をつかんで力いっぱい引きずり下ろした。男がバランスを崩し、ヨヌもろとも階段を転げ落ちる。体の上に男をのせた状態で気が付いたヨヌは、床を探って武器を探す。何かが手に触れる。カメラの三脚だ。ヨヌは胸の上に倒れている男に向かって、あらん限りの力で三脚を振り下ろした。


あっ!!

短い悲鳴と共に男がずり落ちる。

ヨヌはぶるぶる震えながら男を振り落とし、男のそばから飛びすさった。そしてふらつく足を引きずって階段を這い上がる。次の瞬間、男がヨヌの足をつかんだ。ヨヌはまたも階段を滑り落ちる。男が倒れたヨヌの上にゆっくりのしかかった。ヨヌは逃れようともがいたが、毒蛇のように絡み付く男の力にはかなわない。

「放して!!　放して!!」

男はヨヌを背後から抱きしめて放さない。放すまいとする男とヨヌのあいだに、激しい争いが続く。

「放して!!　放してよぉぉ――!!」

ヨヌが泣き叫びながら身もだえするが、男は黙ってしがみついたままだ。貯水槽の上から何をするでもなくこちらを見つめていた少年の顔で。

「うああああああ!!」

ヨヌは最後の力を振り絞って手を伸ばす。前方の三脚がもう少しでつかめそうだ。だがそのとき、男の手がゆっくりと這い上がってきてヨヌの首を絞めた。がくがく震えていたヨヌは、折れた三脚の先で男の胸を突き刺した。男の心臓からほとばしる血がヨヌの手首をつたって流れる。男はしばし呆気《あっけ》に取られていたが、やがてその顔は、すべての荷を下ろしたように穏やかな表情となった。ヨヌは恐怖に震えてうめく。

「ううううう……」

ヨヌの手に、男が自分の手を重ねる。彼の手が触れると、ヨヌはびくりと肩を揺らした。男が微笑む。ヨヌはその微笑みに、色を失う。

「これで……君のことを……覚えているのは……僕が……最後だ」

ヨヌはわなわなと震える瞳で彼を見つめた。ヨヌの手を握っていた男の手がだらりと落ちた。

ヨヌはわらをもつかむ思いで住宅街の路地をさ迷う。

血まみれのまま、袋小路を幾度となく引き返しながら道を探す。そしてついに、大きな道路へと抜けた。悲惨な姿のヨヌの前に、人々で混雑する街中の十字路が広がった。

横断歩道に向かってヨヌが駆け寄ると、通行人は血だらけのその異様な姿に驚いて後ずさった。そのとき十字路の信号が青に変わり、おびただしい人波がヨヌのほうへ押し寄せてきた。ヨヌは人波の中で、恐怖に満ちた目で助けを求める。だが、通行人は悲鳴を上げて飛びのくばかりだ。あるいは、携帯でそんなヨヌの姿を撮影した。ヨヌはへたり込んで泣き叫ぶ。

「うあああああああああ!!」

しばらくして、信号が赤に変わる。ヨヌを取り囲んでいた人々が嘘のように消えた。人影がなくなると、代わりに車が、ヨヌに向かってこれでもかとクラクションを鳴らした。灯台のようにひとり残されたヨヌは悟った。
もうこの世に、あの四十九日間を記憶している人はいないのだと。

5　みんな知ってる

苔とツタに覆われて、原形はほとんどわからない。まるで巨大な怪物が、雑木で編んだ網に引っかかったまま眠ってしまったようだ。そんなふうに、森と一体になってしまったあばら家の前。月日のせいで扉と枠がずれ、とても動きそうにないドアが、埃を舞い上がらせながら開いた。

子どもが出てくる。その子を見た瞬間こみ上げてきた嗚咽を、必死に呑み込む。だが溢《あふ》れ出る嗚咽は止まらず、とうとう喉からこぼれ出た。そんな私を見つめながら、子どもが近付いてくる。膝から力が抜け、私はその場にくずおれる。子どもとの距離が近付くにつれ、こらえていた嗚咽が慟哭《どうこく》へと変わる。その声に驚いて、枝に止まっていた鳥たちがバサバサと飛び立った。木々が一斉に頭を振り、風を起こす。風の音に心もとなくなったのか、子どもは肩をすくめてもう一歩近付いた。そして、小さな唇を動かして言う。

やっと来たの？　待ちくたびれたよ、と。

エレベーターが故障したんです。

ええ、マンションのエレベーターが。何度か壊れたことがあって管理組合でもお願いしていたんですが、まだ修理してなかったみたいで。その日は、朝から子どもたちと夫がプールに行くことになっていました。本当は私も行くつもりでしたが、風邪気味で残ることにしたんです。

おやつを持たせて送り出すと、間もなく、父も犬の散歩に出かけていきました。ええ、私の父と同居してるんです。前は別々に住んでいましたが、父が体を悪くしてから同居するようになりました。何はともあれ、子どもたちも父も出かけ、家に残っているのは私一人でした。ひと息つこうと、コーヒーを淹《い》れてテラスに座りました。久しぶりの一人の時間が嬉しくもあり、落ち着かなくもあり……子どもは双子の男の子なので、静かな日はないんです。

買っておいたままの本でも読もうかと思ったとき、インターホンが鳴りました。警備室からの連絡で、父の車のせいで引っ越し業者のトラックが入れないと。すぐに動かすと答えました。幸い父は車のキーを置いて出ていたので、すぐに向かいました。

うちは十一階なんですが、その日に限ってふと歩いて下りようという気になって。運動は嫌いですが、その日はなんとなくそう思ったんです。でもちょうどエレベーターが十一階にあったので、そのまま乗りました。初めは何ともありませんでしたが、鏡をのぞいていると、七階か六階辺りでガタンと大きな音がして、エレベーターが止まりました。

何事だろうと思いました。電話しようにも、携帯を置いてきたことに気付きました。非常ボタンを押してみても、チカチカ光るだけで通話できません。大変なことになったと思いましたが、いずれ誰か来るだろうと待つことにしました。ところが、突然息ができなくなったんです。みぞおちに石ころが詰まったみたいに息苦しくて、喉が締め付けられたようになりました。水中にいるみたいに耳が詰まって、キーンと耳鳴りがして。そんなことは生まれて初めてでした。

パニック状態でドアを叩きました。誰か助けて、と。でも、だんだん手足に力が入らなくなって、私はその場に座り込みました。壁にもたれて、ああ、このまま死ぬんだなあって。おかしなことが起こったのは……その後です。うん……何というか、少しずつ息が楽になって……そのうち体がぽかぽか温かくなって、半身浴をしてるみたいに筋肉がほぐれてきたんです。温泉に浸かってるような気分でした。それに、気持ちも穏やかになって。不安も恐怖も緊張も消えて、いいえ、あらゆる感情が消えて、静けさだけが残りました。うまく言い表せませんが、よく言うじゃないですか。子宮の中にいる気分って。まるで生まれる前の、自分の原点に回帰したような。身も心もリラックスした、落ち着いた状態。ええ、あれは平穏でした。完璧な平穏。

そのときあの子を見ました。エレベーターの鏡の中に。ぼさぼさ頭で、体中傷だらけでした。鏡の中から、私のことを気の毒そうな目で見つめてるんです。全身に鳥肌が立ちました。幽霊なのか、幻なのか、それともどっきりカメラのようなものなのか、判断がつきませんでした。驚きすぎて、まともな悲鳴さえ出なかったくらいです。

幸い、人の声が聞こえました。警備員がドアの向こうで、誰かいるか、大丈夫かと声を上げました。どうにか膝に力を入れて立ち上がりました。中に人がいることに気付いたようで、外側から機械でドアを開け始めました。ドアの隙間が少しずつ広がり、光が入ってきました。
そのとき私がどうしたかと言うと……ええ、開きかけたドアを全力で閉めようとしたんです。わかりません。なぜそうしたのか。外の人たちに何かされそうな気がして。かくれんぼで鬼に見つかったときみたいに怖くて怯えていたんです。だから、開いていくドアにしがみつきました。そして叫んでいました。

やめて！ 私を放っておいて！ 私はここにいるの！ 大丈夫だからもう行って！ って。
当然、みんな面食らっていました。助けようとしているのに、頭のおかしい女だと思ったでしょうね。私がわれを忘れているあいだ、鏡の中の子どもはじっとこちらを見下ろしていました。気の毒そうな、いいえ、私を恨んでいるような目で。その子と目を合わせないようにしながら、ドアを閉めました。いえ、その子に怒られそうな気がして、ますます大声で喚きながら彼らを追い払おうとしました。でも、スプレッダーでこじあける力にはかなわず、ドアは開いてしまいました。光がエレベーターの中に降り注いだ瞬間、鏡の中の子どもも消えました。

家に戻ると、そのまま寝付きました。何日も寝ていないかのような眠気に襲われて。そう、夢を見ました。その子が出てくる夢です。森で子どもが遊んでいました。子どもの笑い声が、イメージとワンテンポずれて聞こえていました。子どもは一軒の家に入っていきます。中に入ると、長年の傷みでそうなったのかもともとなのか、天井に穴が開いていて、そこから青空が見えます。床には子どもが食べこぼしたお菓子が散らばっていて、アリが列をつくってお菓子のかけらを運んでいます。すると、ふいに子どもに腕をつかまれました。驚いて振り返ると、またもあの気の毒そうな目でじっとこちらを見ながら、私の腕をぐいっと引っ張るんです。その力の強いこと、私はバランスを崩しながら夢から覚めました。

夢から覚めながら悲鳴を上げたせいで、そばにいた夫がびっくりしていました。夫と子どもたちは帰宅していました。父もです。警備室で事情を聞いたようで、大丈夫か、おかしなところはないかと訊かれました。大丈夫、そう答えました。でも、口をついて出たことばとは裏腹に、体は勝手に動き始めました。

がばっと起き上がるなり、部屋の引き出しやらタンスやらを次々に開けて、何かを探し始めたんです。ええ、私が。リビングに出た私は、そこでもありとあらゆる引き出しを開け放ち、さらにキッチンの冷蔵庫を開けて中の食料をすべてかき出すという大騒ぎをしました。ずいぶん長いあいだそうしていたと思います。夫が力ずくで止めようとしても、どこにそんな力があったのか、その手を振り払って家中を引っかき回しました。挙げ句の果てに、もう駄目だと思ったのか、ベランダに飛び出しました。ベランダの窓を開けて、そこから飛び降りようとしたんです。

わかりません。ただ、飛び降りるしかないと思ったんです。死のうとしたわけじゃありません。それとはちょっと違っていて……ここから抜け出さなきゃって。外に出なきゃって。そういう感じでした。夫が大慌てで、飛び降りようとする私をつかまえました。上半身を半ばベランダの手すりに乗せた状態でわれに返ると、下にはセメントの地面が迫り、上は高層マンションが空を覆っています。息が苦しくなりました。エレベーターの中でのように。そのときようやく、子どもたちの泣き声が聞こえてきました。夫が体を、双子の息子が足を片方ずつつかんで、ママ、どうしたの、死なないで、死なないでって泣くんです。それを聞きながら、意識を失って倒れました。

夫とのあいだに、これといった問題はありません。先生は夫の親しい後輩ですから、誰よりご存じですよね。彼がどういう人か。いい人です。やさしくて真面目で、子どもには弱くて。私にもやさしいんです。子どもたちもいい子ですよ。最近の子らしくなく純粋で、男の子なのに大きな問題も起こさないし。今の生活に不満なんて一つもありません。これで不満があるなんて言ったら怒られます。医者の夫に、元気な双子の息子。高級住宅街のマンションに住んで……ええ、必ずしも物質面の話だけじゃなく、本当に不満はないんです。ただ……本当に、ただ……。

その後も症状は続きました。何度も家の外へ飛び出そうとしたり、それが駄目ならタンスや大きな箱の中にもぐり込むといった行動です。子どもたちは、私が猫になったと言ってます。ママが猫さん病になったって。そうです、猫って暗くて狭いところに入りたがるでしょう？　箱なんかにもよく入ろうとするし。それを聞いて、ひょっとしたら知らないうちに、野生動物に嚙まれたのかしらと思いました。ほら、狂犬病とか。

検査という検査はすべて受けました。夫が医者なので、次々と疑いが出てきて。生まれて初めて見る機器で体中を検査しました。そのうち、あまりの検査の多さに、かえって放射線のせいで病気になるんじゃないかっていうぐらい。でも、いくら調べてもこれといった異常は見つからないまま……症状は日増しにひどくなっていきました。子どものごはんも放ったらかしで、一日のほとんどを暗く狭い空間に潜んでいました。

さっき、私が電話ボックスに入っていて驚かれたでしょう？　すみません、自分でも知らないうちにそうしてるんです。

はい、先生のおっしゃるとおり、単純な心的外傷後ストレス障害かもしれません。エレベーターに閉じ込められたショックで、突然頭がどうかしてしまったのかも。でも、他に何かありそうな気がしてならないんです。自分が見過ごしている何かが……。

このごろもよく悪夢を見ます。内容は似たり寄ったり。エレベーターで見たその子が出てきて、森の中をさ迷います。昼の場合もあれば、夜の場合もあります。長いあいだ森をさ迷って、石ころにつまずいて転んだり、虫に刺されて腫れてしまったり。ああ、夢の中で私がその子の視線になることもあれば、ただ遠くから見守っていることもあります。毎日違うんです。そういう夢を見たときは、全身汗だくになっています。熱でかっかと体が火照って。

つい最近、夢で他の人を見かけました。うん……あれを人と言っていいのかどうか。背丈が子どもの倍はある黒い影が、あの子を見つめているんです。いえ、すみません、逆でした。見つめているんじゃなく、子どもに背を向けています。子どもはその黒い影をどこまでも追いかけます。でも、近付いては遠ざかり、近付いては遠ざかるばかりで、夜通しその黒い影を追いかけて夢から覚めるんです。

そんな夢を見た後は、しばしば幻覚を見ます。また子どもが見えたのかって？　違います、私のことです。鏡を見ると、顔の中で目、鼻、口がぐちゃぐちゃに入り乱れてるんです。目と鼻と口がけんかするようにぐるぐる移動するうち、元の形がわからないくらいねじれて顔の真ん中に沈んでいくんです。そうして最後は、顔のないお化けみたいになってしまう。

怖くないかですって？　怖いというより、悲しい気持ちです……。

交通事故ですか？　いえ。それに、誰かと大げんかしたとか、叩かれたこともありません。精神的なショックを受けるようなこともないし。子どものころ？　子どものころ……。

あ、すみません。ちょっと考え事をしてて……え？　意図的忘却ですか？　聞いたことがあります。テレビで見ました。人間はショックな出来事があると、生き延びようとしてその記憶をわざと消すんだって。戦争を経験した人や、自然災害で罹災《りさい》した人にもそういう症状が起こるって。失礼しました。お医者さんの前で生意気なことを……。つまり、短期記憶喪失みたいなものでしょうか？　何だかドラマみたいな話ですね。

私の身にもそういうことが起こってるんでしょうか？　ある記憶をあえて消している。ええ、そうかもしれません。自分では覚えていないショックな出来事があったのかも。つまり先生は、私が封じ込めていた記憶が、エレベーターに閉じ込められるという出来事が引き金となってよみがえったとおっしゃるんですよね？　今起きているおかしな症状を止めるには、消し去っていた記憶を取り戻さなければならないと……。

うまくいくかわかりませんが、努力してみます。このままじゃ、本当におかしくなってしまいそうですから。

先生のアドバイスどおり、以前親しかった人に会ってきました。でも、友人と呼べる人はいなくて……結婚前に交際していた人に会ったんです。夫の後輩にあたる方にこんな話をするのもどうかと思いますが、どうか治療の一環だと思ってください。

大学のとき、二年ぐらい付き合っていた人です。久しぶりだったので、何だか変な感じでした。いきなり何の用だろう、そんな顔で水ばかり飲んでいました。ドラマみたいに、今になって一人で子どもを育ててるなんて話を持ち出すとでも思ったのか、ガチガチに硬くなっていました。正直、ちょっと笑ってしまいました。ああ、余計な話でしたね。すみません。ともかく、挨拶がてら近況を伝え合った後、率直に、以前の私はどうだったかと訊きました。何か変なことを言っていなかったかとか、おかしな行動をしていなかったかと。

彼はそれには答えず、反対に、旦那とうまくいってないのかって訊き返してきたんです。笑ってしまいました。違う、説明すると長くなるけど、とにかく私におかしな点があったならすべて教えてくれと言いました。

怖かった。

ええ、怖かったそうです。寂しいですよね。かつての恋人に怖い人間と記憶されているなんて。わかりません。ただ、人間じゃないみたいだったって。笑わないし、かといって泣きもしない。交際しているあいだずっと、感情のないロボットといるみたいだったって。最初はそういうところがクールで神秘的に見えて、だから好きだった、だけどそのうち、そのせいでぞっとすることもあったって。ぞっとするだなんて……昔の恋人の口から聞くにしては、ちょっとひどすぎますよね。

それでもまあ、驚きはしませんでした。よく言われてたんです。一体何を考えてるんだ。本当に感情があるのか。本音がわからない。そういうことを。先生の目にも、そう見えますか？

そんなわけで、余計なことをしたと思いました。そんな話を聞きたかったわけじゃなかったので……他にですか？　うん……特にありませんでしたが、父親は元気かと聞かれました。ええ、私の父です。

彼と交際しているとき、父に再会したんです。ああ、話していませんでしたね。子どものころ、しばらく父と離れ離れに暮らしていたんです。十数年、でしょうか。私は母方の祖母に育てられました。祖母が亡くなって、お葬式で父と再会したんです。それまでずっと、父とは連絡が途絶えたままでした。どうして今ごろ話すのかって？　わざと話さなかったわけじゃありませんよ。話の流れで……。

すみません。ちょっと頭痛が。

忘れてたんです。単純に、日々の忙しさに追われて思い返す暇もありませんでしたし。ええ、おっしゃるとおり、本当に忘れたかったからなのかもしれませんね。

前回のカウンセリング以来、意識して父のことを思い出そうと頑張りました。すると、中にはずいぶん鮮明に思い出せる場面もありました。ある日など、子どもたちが幼稚園から戻る時間になったので出かける支度をしていると、一瞬、閃光が走るように記憶がよみがえったんです。

もともと全く覚えていなかったわけではないので、新しい記憶ではありません。違いは、以前なら〝お葬式で十数年ぶりに父と再会した〟というシチュエーションを文字どおり記憶していたとすると、今は映画館でスクリーンを見ているみたいにリアルな情景が浮かびます。当時人々と交わした会話、空気、匂い、光。そういったものが映像となって目の前を流れていくんです。昔の映画を見ているみたいに、フィルムが回っていたかと思うと途切れそうになったり、カラカラと巻き戻ったかと思うと止まったり。そうやってぽつぽつと記憶がイメージ化されるんです。思い浮かぶものを話すんですか？　全部？


「今日、お前の父親がどこにいるのかわかったよ。遠く、アメリカにいるんだと」

まだ亡くなる前、祖母の家でご飯を食べていたときです。祖母は私の顔色を窺いながら、何気なくそう言いました。そして、私がこれといった返事をせずにいると怒り出しました。

「冷たい子だね！　自分の父親のことも気にならないのかい？　十年かけてやっとこさお前の父親を見つけ出したのに、まるで他人事みたいな顔じゃないか。まったく、こんな情のない子は初めて見るよ」

そのとき、一匹のハエが頭の上を飛んできました。私はハエを追い払おうとだるそうに手を振ります。そんな私を、祖母は呆れた顔で見つめていました。


次の記憶は、祖母のお葬式です。弔問客がまばらにやってきて、当時の恋人がそれに応対しています。私は喪服姿で、祖母の遺影をぼんやり見つめている。その背後で、遠い親戚のおばさんが二人、話をしています。

「あの子ったら、涙の一つも流さないわね」

「本当よね。あの子を見ると、何だか気味が悪くて。若い子が笑いもしなけりゃ泣きもしない、生ける屍《しかばね》みたいなんだから」

恋人がそれを聞いて、コホンと咳払いをします。私は黙ってそれを聞いています。

そのとき、誰かが入ってきます。無気力にお辞儀をしかけた私は、客の顔を見て、はたと動きを止めました。それが父だということに気付くまで、少し時間がかかったんです。

「お父さん」

「お父さん？」

恋人がびっくりして、私と父を見比べました。父は私と同じく無表情のまま立っています。ひとまず、途中になっていたお辞儀を最後まで済ませ、父と一緒に葬儀場の裏へ出て話をしました。

長いあいだ、お互いに黙ったままでした。

「お帰りなさい」

「大きくなったな」

また沈黙。

「元気そうね」

「うむ……外国であれこれ事業をやっていた。ようやく軌道に乗って、今はなんとか食べていけるようになったよ」

「そう」

私の淡白な返事で、またも沈黙が流れます。

「どうしてた……？」

「特に」

「そうか」

また沈黙。やがて父が何事もなかったかのように言いました。

「一緒に来ないか」

まるでランチの時間に会った人が、夕食に誘うような口ぶりで。何気ない言い方でした。

お葬式を終えて、父に付いていきました。荷物というほどのものもなく、スーツケース一つを手に。高級車に乗って、テレビでしか見たことのないような大きなお屋敷の前で降りました。ええ、結婚するまで住んでいた漢南洞《ハンナムドン》の家です。父に付いて中へ入ると、すっかり整えられた部屋がありました。

「今日からここがお前の部屋だ」

父に言われ、部屋を見回しました。私の部屋と言うからには私の部屋なんだろう、そう思いました。

一夜のうちにシンデレラになったわけです。祖母と生活保護で細々と暮らしていた私が、一人娘のお嬢様になったんですから。周りからは、宝くじに当たったも同じだと言われました。それからの生活は何不自由ないものでした。学費の心配もなく大学に通い、語学研修にも行きました。私が望めば、父は何でも聞いてくれたんです。

卒業してからは、父の会社で会計の仕事を少しばかり学びました。二、三年ほど会社勤めをしたわけです。そして父の紹介で、ある人に会いました。ええ、ユンソクさんです。ご存じかしら？　ユンソクさんは父の主治医だったそうで、早くから花婿として目を付けていたようです。

ユンソクさんって、とてもいい人でしょう？　何度かデートを重ねると、すぐに結婚の話が持ち上がりました。先生も結婚式にいらしてましたよね？　その節はありがとうございました。そういうわけで、結婚して一年で双子を産んで、ご存じのように、これまでつつがなく過ごしてきました。エレベーターに閉じ込められるまでは。

お久しぶりです、先生。すみません。ずっと体調がすぐれなくて、カウンセリングにくる余裕もなかったんです。何かあったのかって？　父についての記憶が戻り始めたんです。正確に言うと、父と十数年間離れ離れに暮らすことになった理由が。以前は、父は事業のためにアメリカに行った、それくらいの漠然とした記憶しかありませんでした。でも、父が渡米する前の出来事をはっきりと思い出したんです。つまり、母が生きていたときのことを。ええ、私の母です。子どものころに亡くなった。

「今からかくれんぼをするんだ。誰にも見つかっちゃいけない。父さんがくるまで誰にも見つかるんじゃないぞ。いいな？」

父にそう言われました。母の葬儀場で。九歳のときのことです。

弔問客はほとんどなく、がらんとした葬儀場内は寂しくわびしい雰囲気に包まれていました。母が私の隣でなく遺影の中で笑っていることが、当時の私には理解できませんでした。現実味がなかったとでも言いましょうか。幼い子どもには死というものが理解できませんよね。どうして急にいなくなったのか、どうして会えないのか、どうして……どうして……疑問が次々に湧いてきました。

そのとき、父がやってきました。それまでどこにいたのか、九歳の私に喪主を任せきりにしておいてどうして今ごろ現れたのか。わけがわかりませんでした。腹が立ちました。父に対して、とても腹を立てていたと思います。でも、父の顔を見るなり、怒りをぶつけられなくなりました。

死人のようだったんです。遺影の中の母より、生きている父のほうがずっと。頬はこけ、目は落ちくぼみ、ひと晩で髪が真っ白になっていました。当時、父はまだ四十にもならなかったのに、まるで七十歳の老人のようでした。本当に私の父親なんだろうかと、しばらくじっと見つめていました。

「行こう……」

父は出し抜けにそう言いました。どこへ行こうと言うのか、それ以上は口にせず、同じことばをくり返しました……。私は、母の遺影と焦ったような表情の父を見比べながら、不安になりました。父の眼差しは、今にも最期を迎えそうな人のそれだったからです。〝悲しみ〟とは少し違う。〝恐怖〟のほうが近いと言えたでしょう。

葬儀場を出て家へ戻りました。あれを家と呼べるでしょうか、仮住まいと言ったほうが正しいかもしれません。父の事業が不渡りを出してすぐに引っ越した家です。急な引っ越しだったため、壁紙は破れたまま、セメントの壁もむき出しになっていました。家財道具も引っ越しの際にほとんど処分したため、その家はまるで、身がすっかり削《そ》げ落ちた骸骨のようでした。引っ越しの荷物もまだほどきかけで、もつれたガムテープがあちこちに転がっていました。私は残骸の山のような荷物をかき分けて、自分の荷物を学校のかばんに詰め始めました。

「最低限のものだけ。必要なものだけだぞ！」

父は誰かに追われているように、唇をぎりぎり噛み締めながら私を急《せ》かしました。そう言われると余計に焦ってしまい、私は本当に必要ではない、とんでもないものばかりかばんに押し込んでいました。

「今からかくれんぼをするぞ。ユシンはかくれんぼ、好きだよな？　父さんが迎えにいくまで、絶対にそこから出ちゃ駄目だ！　いいな？　いや、出ようにも出られないか……」

通学かばんがそれ以上入らなくなるまでパンパンになると、父が私の腕を引っ張りながらそう言いました。いまだどこへ行くのか、なぜ行くのか、突然かくれんぼをしようとはどういうことなのかわかりません。父に手を引かれて家を出るとき、なくてはならないものを思い出しました。母と一緒に撮った家族写真です。

「お父さん、待って！　お母さんの写真！」

じたばたしながら叫びました。その声に、父はひきつけを起こしたように飛び上がりました。それから私を抱きかかえて、逃げるように家を離れたのです。私は父の腕の中でもがきながら泣き叫びました。お母さんの写真を持っていくんだって。でも結局、あの廃墟のような家に母の写真を残したまま、そこを去るしかありませんでした。

汽車の駅に向かいました。最終列車だったので、構内に人影はありません。撮影後に打ち捨てられたセットのようでした。父は落ち着かない目で辺りをきょろきょろ見回しながら警戒していました。私は自分のつま先を見つめてすすり泣いていました。汽車がやってくると、父に手を引かれすぐに汽車に乗り込みました。

ほとんどの人が眠っていました。ちらほらと、酔ったまま酒瓶《さかびん》を手に眠りこんでいるお年寄りや、書類かばんを抱いて縮こまって寝ている会社員も見えます。まるで避難民のようでした。不安になった私は、父の手をぎゅっと握り締めました。父は人目につかない片隅の席を見つけると、窓辺に座り、向かいの席に私を座らせました。どこへ行くのかと聞いても、色褪せたカーテンに半ば顔を隠して押し黙ったまま、窓の外にじっと目を凝らしています。やがて父が眠ると、私は隣のボックスに移動し、窓に顔を埋《うず》めるようにして風景を眺めました。暗闇の中に、時折民家の明かりが浮かんでは消えていくのを見ているうち、いつの間にか私も眠っていました。

「ユシン、起きなさい」

父に揺さぶられて目を覚ますと、窓の外はすでに白み始めていました。

汽車を降りて駅前のうどん屋に入りました。うらぶれた田舎の店で、隅のほうの席を取り、うどんが出てくると、私は勢いよく食べ始めました。一日中、まともな食事を摂っていなかったんです。一方で父は一口も食べようとせず、私を急かし続けました。

「早く食べなさい。早く」

うどんが口から入っているのか鼻から入っているのかもわからないほど急いで食べました。テーブルの下で、父の足が不安げに貧乏ゆすりをしているのを見ながら。

「行こう」

結局、つゆを飲む間もないまま、父に手を引かれて店を出ました。ようやく飢えをしのいだと思ったら、今度はバスに乗りました。いつの間にか夜が明け、ガタガタ揺れるバスの窓の向こうに風景が流れていきます。バスに乗って五分も経たないうちに、建物は姿を消し、田畑や木しか見えなくなりました。山は深く、民家もほとんどありません。やがて眺めるものがなくなると、私はうつらうつら居眠りしていました。終点に着いたという声で、父と一緒に降りました。

バスが土煙を上げながら、来た道を戻っていきました。もう家には帰れないのだ、そんなことを思った気がします。

終点のバス停前に、ほとんどつぶれかけた小さな商店がありました。立っているのが不思議なぐらいに傾いていて、看板も今にも落ちてしまいそうなほどゆがんでいました。父が先に立って中へ入っていきました。

店内にろくな売り物はなく、どれも埃の層に押しつぶされそうになっていました。あのおばあさんは本当に生きているんだろうか、とぼんやり見ていたのを覚えています。

「食べたいものは何でも買いなさい。できるだけたくさん。持てる分だけ」

父のことばに、どういう風の吹き回しだろうと思いながらも、夢中で選びました。選ぶまでもないお菓子やジュースを、手当たり次第につかみました。

両手で抱えきれないくらいのお菓子を買って、土の道を歩き始めました。父は私の存在を忘れたかのように、早足で森を進んでいきます。そのときはまだ、どこか楽しいところに遠足にでも行くようだと思い、ひとりでにやついていました。腕の中のお菓子をどれから食べようかと、頭の中で計算しながら。

でも、何かが違う、そう思い始めました。森の中を三十分以上も歩いたはずなのに、父は立ち止まりません。腕の中のお菓子は湿気を含んだように重くなり、道はいつしか途絶え、深い森の中を歩いていました。真っ昼間なのにひと筋の光も差さないような、鬱蒼《うっそう》とした森。六月でしたが、真夏のような天気でした。私は全身汗だくになり、今にも倒れそうでした。胃がむかむかし、めまいがして、あれは今思えば熱中症だったのでしょう。半袖半ズボンという姿だったので、腕やふくらはぎが枝やとげに引っかかれ、じんじん痛みました。

とにかくもう歩けないというところで父を呼び止めました。お父さん、ストップ。お父さん、待ってよ。お父さん、お腹が変なの。吐きそう。お父さん……。でも、なぜか父には私の声が届かず、森をかきわけてひたすら突き進んでいきます。膝から力が抜け、それ以上は一歩も歩けなくなったころ、一体いつまで歩くのかと苛立《いらだ》たしげに叫びました。すると、ようやく父が立ち止まりました。

「もう少しだ。早く来なさい」

父はそれだけ言うと、またも両手で枝を折って道を開きながら、前進し始めました。両手から力が抜けて、抱えていたお菓子がぼとぼと落ちました。私はそれを拾いながら思いました。ああ、駄々をこねても無駄なのだと。あきらめて、再び歩き始めました。

進むうちに、かかとが擦れて血が出始めました。ひと息つこうと立ち止まり、上を見上げると、木々のあいだからのぞく空から陽射しが降り注いでいました……。それまで歩いたことのある森とはまったく違う空間です。まるで、そこだけ地面を丸くくり抜いたみたいにくぼんでいて、心なしか気分も落ち着くようでした。そのとき父が言いました。

「今からかくれんぼをするぞ」


一週間ほど入院していたでしょうか？　ええ、熱が下がらなくて。お見舞いありがとうございました。ご迷惑ばかりかけてすみません。急に記憶が戻ったので、体に負担がかかったみたいです。高熱が続いていたんですが、軽い肺炎まで重なって大変でした。こんなに体力がないとは私も知りませんでした。それとも、精神力が弱いんでしょうか？　心も体も、免疫力がゼロになった気分です。それはともかく。


数日間、頭の中で父の声だけが響いていました。〝今から〟〝かくれんぼを……〟〝するぞ……〟耳元を飛び回る蚊のように、ブンブンと。

何があったのか直接父に訊いたことはないかって？　今、アメリカ出張中です。まるでタイミングを計ったみたいに。私が体調を崩し始めたころから、なんとなく私を避けてるみたいな

んです。以前から仲の良い親子ではありませんでしたが、最近は目もあまり合わせないし、私が声をかけようものならぎくりとして無視を決め込むんです。そうするうちに、スケジュールにもなかった出張を入れて出かけてしまいました。まるで誰かに追われてるみたいに。そう、あのときみたいに。

訊きたいことはたくさんあります。でも父に尋ねても、欲しい答えは返ってこないと思います、今は。そうですね。私が大げさに考えているのかもしれません。でも、奇妙なことは一つや二つじゃないんです。

6　みんな知らない

……父に知らないと言われればそれまででしょう？　仕方ありません。なんとか自力で思い出すしか。

入院しているあいだ、毎日夢を見ました。それが夢だったのか、よみがえった記憶なのか、私にも区別できません。でも、高熱に苦しみながらも、頭の中のイメージはますますはっきりしてきました。ふにゃふにゃだった生地が熱湯の中で固まっていくように、記憶がだんだんしっかりしてくるような。少しずつ熱が下がってくると、先生にお話しするために、とりとめのないイメージを順番に整理し始めました。すると、空白だった部分を思い出すこともありました。こうして話していると、忘れていた部分がひとりでに思い出されるんです。ええ、今からもう一度、ゆっくり続きをお話ししますね。

空です。青い空。まるで布の切れ端をつなぎ合わせたかのような青い空が途切れとぎれに見えます。空をつなぐ糸は木々です。木々の枝が互いに手をつないでいるみたいに、空のかけらを編み上げているんです。

その途切れとぎれの空から陽射しが降り注ぐときは、まるで光のシャワーが降っているみたいでした。あまりにも美しく、今も目に浮かぶようです。その光のシャワーが降り注ぐ森の中に、その家はありました。木造の小さな平屋建ての家。家と呼ぶにはふさわしくないかもしれません。でも、倉庫と言うには屋根や窓もあって……。いずれにせよ私が住んでいた場所ですから、家ということにしておきましょう。木とツタに覆われて、まるで森の一部のようでした。神秘的でした。当時九歳だった私にとって、〝神秘的〟なんてことばは童話に出てくる描写にすぎませんでしたが、その家を前にして、神秘的とはこういうことなのだろうと思いました。その家は、まるで生きているようでしたから。錯覚かもしれませんが、家が息をしているようでした。息を吸っては吐きながら、森と共に生きている生命体。見方によっては、森にできた奇形のこぶのようでもあり、森の肺のようでもありました。

「入ろう」

家を見つめて立ちつくしている私にそう言うと、父はずんずん家に近付いていきました。ようやく私も、うん、と後を追いました。

こぢんまりした外観に比べ、中は思ったより広く感じられました。天井が高く、窓も多いからそう見えたのかもしれません。十五坪くらいでしょうか。家具は一つもなく、扉二つ分の作り付けのタンスがありました。お菓子を抱えてぼうっと立ちつくしていると、父は窓とドアをすべて閉めて回りました。家の中はたちまち暗くなりました。

「こっちへおいで」

父に呼ばれ、おずおずとそちらへ行きました。父は床に手を這わせると、少しだけへこんだわずかな溝に指を入れて持ち上げました。床下に、隠れ家のような収納庫がありました。スパイ映画でしか見たことのないものを前にして、私は目を見張りました。父が中の物を説明し始めました。大人の男性一人くらいならうずくまって寝られるくらいの広さと深さで、そこには米、水、ちり紙、バーナーといった生活必需品が入っていました。多くはなく、一週間ほどの分量だったと思います。

「密猟者が建てたもので、食事をしたり寝たりしていた所だ」

父が言い、私は密猟とは何かと尋ねました。父は説明しようとしましたが、すぐに手を振ってやめました。

「あそこの大きな入れ物に水を汲んできて使いなさい。水場は、家の裏手に回って少し右へ行くとある。食べ物はこの中にあるから、大事に食べるんだぞ。バーナーは使えるよな？」

父は中身が半分ほど残った米袋を外へ出すと、私の肩をつかんで言いました。

「少しだけここで待っててくれ。すぐに迎えにくるから。父さんがくるまで、絶対に出てきちゃ駄目だぞ。かくれんぼ、わかるよな？　できるだけ長いあいだ隠れていられる人が生き残るんだ。絶対に、誰にも見つかっちゃいけない。何があっても……わかったな？」

視線が定まらなかった父の瞳に、一瞬力がこもりました。普段と違う父の様子がずっと不安だったんですが、やっとやさしい父に戻った気がしてほっとした私は、わかった、と頷きました。でも、私の返事を待たずに、父はまたも宙に目を泳がせ、周囲を窺ったかと思うと、ドアのほうへ歩いていきました。

出ていく父を見つめていた私は、本当に置いて行かれるのだと悟り、急いで後を追いました。それに気付くと、父はドアを閉めて足早に歩いていきました。驚いて外へ飛び出すと、父はすでに森の向こうへずんずん遠ざかっていきます。何度も振り返って私が追いかけてこないことを確認すると、これ以上の遅れは許されないとでもいうように走っていきました。

それ以上は追う気になれませんでした。なぜなら……迎えにくるまで絶対に出てきちゃ駄目だぞ、そう言ったときの父の目があまりに悲しそうだったからです。約束なのだと思いました。その約束を守れば、父が悲しい目をしないで済むと思ったんです。

そうして私は、森の中にひとりぼっちで取り残されました。

その日の夜はさすがに寝付けず、長いあいだ寝返りばかり打っていました。天窓から暗い夜空が見えます。降り注ぐかのような星々に圧倒されそうでした。時折聞こえてくる鳥の鳴き声や、風にざわめく木の葉の音、それが私を寂しくさせました。私はかばんに入れてきたぬいぐるみを取り出しました。どんな子にも、お気に入りのぬいぐるみが一つくらいあるでしょう？

私にもありました。母が誕生日プレゼントにくれたものです。ぬいぐるみを抱いていると、いっそう母が恋しくなりました。

え？　ああ、母のことを話していませんでしたね。私も、最近記憶が戻ってから思い出したんです……。先生のおっしゃるとおりだと思います。私は、不幸な事件に対するショックから、意図的に過去の記憶を消して生きてきました。母についての記憶こそ、絵に描いたような〝忘却〟です。ことばを濁していることからもお察しいただけますよね？　はい。母についての記憶は、二度と思い出したくないほどつらいものでした。いえ、正確には、母の死です。

父が家に寄り付かなくなってしばらく経ったときのことです。それまで住んでいたマンションから貧民街のひと間に引っ越したばかりでした。母と夕食を食べていると、ドアを蹴破るようにして大柄な男が三、四人押し入ってきました。幼い私の目には、巨大な怪物のように映りました。彼らはいきなりちゃぶ台を蹴り上げ、母の頭につかみかかりました。

「このクソ女、口で言っただけじゃわからねえみたいだな！　お宅の旦那のせいで、こっちがどんな目に遭ってるかわかってんのか!?」

男たちは吐き捨てるように言いました。私は恐怖で、母の懐に顔を埋めたまま息もできずにいました。

「知りません！　どこにいるのかわからないんです!!」

そう言う母を、男たちが容赦なく足で蹴り始めました。

「じゃあ誰が知ってるってんだよ!!　さっさと吐け!!」

「助けて!!」

母は私を抱きしめて悲鳴を上げました。私も母の胸で泣き始めました。

「おい、話にならねえ。ガキを連れてくぞ！」

彼らの一人が、私を母の懐から無理やり引き離しました。

「お母さん!!」

私は暴れながら泣き叫びました。

「やめて!!」

次の瞬間、母は私を担いだ男の腕に嚙み付きました。

「うわあ！　何しやがる!!」

嚙み付いて離れない母を、男は荒々しく押しのけました。と、母の頭がタンスの角にぶつかりました。母はそのままズルズルと床に倒れ込みました。

「お母さん!!」

駆け寄って母を抱きかかえ、揺さぶってみましたが、母は目を開けませんでした。

森の家での最初の夜、母が男たちに蹴られ、タンスに頭をぶつけて倒れた瞬間が、頭の中で

スローモーションになってくり返されました。同じ場面を何度も思い出しながら、こんなことを考えていたようです。

ここのほうがまだまし。

そうやって自分を慰めながら最初の夜を明かしました。


朝になると、窓から溢れんばかりの陽射しがこぼれてきます。眩しくて起き出さずにはいられないほど。遅くまで寝付けず、やっと寝たと思ったら朝でした。寝ぼけまなこで辺りを窺いました。慣れない場所でひとり目覚めるのですから、いい気分なわけがありません。寂しくなって、じっと座ったまま、膝に落ちた陽射しを眺めていました。そのうちお腹がグウグウ鳴り出したので、仕方なく体を起こしました。

食べ物がある床下の収納庫のふたを開けました。ひとまず、少しばかりの米とコッヘル、バーナーを取り出しました。両親とよくキャンプに行っていたので、使い方はよく知っていたのです。コッヘルに米を入れ、水を汲みに出ました。

外へ出て辺りを見回しました。鳥のさえずりがあんなに大きく聞こえたのは初めてです。何にでも初めてはつきものですが。とにかく、私は耳に手をあてて、鳥のさえずりの合間に水の音を探し歩きました。水の音がだんだん近くなり、岩の隙間からちょろちょろ湧き水が出ているのを見つけました。私は水の落ちるところにコッヘルを置き、湧き水で顔を洗い、足を浸して水遊びをしました。水を見て、胸がすっとしたんでしょうね。

木の根元にバーナーを置いて米を炊きました。出来上がったご飯をコッヘルから直接食べていると、一匹のリスが目の前に走り出てきたんです。かわいくて、大はしゃぎで追いかけました。リスを追いかけて走り回っているうちに、胸のつかえが取れたような気がしました。


退屈なときは絵を描きました。スケッチブックを三つも持って来ていたんです。店で買ったお菓子を食べながらぬいぐるみをモデルに描いたり、森へ出て木や花を描いたり。それに飽きると、地面に寝そべってアリの行進を見物しました。それにも飽きると、泉で水を蹴ったり、ひとりでケンケンパをして遊んだり、リスを追いかけて木に登ったり……。遊ぼうと思えばいくらでも遊べました。子どもは想像力が豊かですから。初めのうちは、さほど怖くも退屈でもありませんでした。むしろ胸がすくような感じでしたよ。

もちろん、楽しいことばかりじゃありません。リスを追いかけて木から落ち、膝を擦りむいた日などは寂しくてたまりませんでした。泣いても誰にもかまってもらえないのだと気付き、はっと恥ずかしくなって泣きやんだときには、何をやってるんだろうと思いました。そんなときは母を思い出しました。頭をぶつけて死んだ母です。膝のけがぐらい何でもないじゃないかと。狭いひと間でいつチンピラが押しかけてくるかびくびくしながら寝ていたときに比べれば、むしろ森は安全なのだと。そんなことを考えながら、心を引き締めていたようです。

森では何より、走るのが一番楽しい遊びでした。ほがらかに歌を歌いながら、小脇にぬいぐるみを抱え、片方の手に木の棒を携えて、森のあちこちを駆け回るんです。暑くなれば泉でひと休みし、花で指輪を作ったり、バッタを追って茂みをかきわけたり。

ある日など、遠くまで行きすぎて道に迷ったこともあります。本当に怖かった。日が沈むと一歩先も見えず、軽やかな鳥のさえずりも怪物の声のように聞こえます。迷いに迷い、体中土まみれ、傷だらけになってやっと家にたどり着きました。そのときようやく、森の怖さ、子どもがひとりで巨大な森に残された恐怖を実感したんです。それからしばらくは、家の周辺から離れることはありませんでした。


時間はあっという間に過ぎていきました。三週間ほど経ったでしょうか。問題が起きました。食べ物が底を突きかけていたのです。店で買ったお菓子はとっくの昔に食べつくし、収納庫にあった米やインスタントラーメンも残りわずかでした。お菓子の残りかすを水にふやかして食べたり、ラーメンひと袋とひと握りの米で三、四日食いつないだり。そんなふうに命がじかに脅かされると、急に怖くなりました。

自分がこの森に来てどのくらい経つのか、だんだんわからなくなりました。時間の感覚がなくなり始めたんです。画用紙にクレヨンで線を引いて日にちを数えていましたが、やがてそれもやめました。髪はぼさぼさ、爪も伸び放題。そうなってやっと、ああ、計り知れないほどの時間が経ったのだと悟りました。

それまで平気だったのは、おそらく、この森で過ごす時間はそれほど長くないと思っていたからです。すぐに父が迎えにくるはず。数日後には家に帰ると。でも、食べ物がつき、指を折って数えられないほどの時が経つと、急に不安になりました。もしかすると……もしかすると、この時間がもっともっと続くのかもしれない。長いあいだひとりぼっちなのかもしれない。そう思うと怖くなりました。ぞっとするほど。

耐え切れなくなって、ある日森を出ようとしました。森全体に聞けといわんばかりに、大声で喚きました。

「もう帰る！　家に帰る!!」

宣戦布告をし終わると、かばんを背負い、鼻息荒く出発しました。枝に引っかかって転んだり、涙や鼻水で顔を汚しながら山を下っていっても、なかなか道に出られません。来るときは地面か父の背中しか見ていなかったので、到底道を見つけられそうにありませんでした。日が沈むと、一歩先は闇。方向感覚も完全に失いました。そんな中、カラスが空へ飛び立ちでもすれば、びっくりして腰を抜かしました。

そうして何時間も迷っていると、あるとき耳鳴りのように、父の声が響きました。

「少しだけここで待っててくれ。すぐに迎えにくるから。父さんがくるまで、絶対に出てきちゃ駄目だぞ。何があっても……わかったな？」

そのことばが魔法の呪文のように思えました。絶対にこの森を出ちゃいけない。お父さんがくるまで、私を迎えにくるまで我慢するの。かくれんぼの最中なのよ。誰にも見つかっちゃいけない。何度も何度も自分に言い聞かせました。結局、私は脱出をあきらめて、森の家へ戻りました。

そんなある晩、人の声が聞こえました。二、三人でしょうか。黒い服を着た人たちでした。ところがです。私は窓の外に人が近付いてくるのを見て、喜びではなく恐怖を感じました。絶対に見つかっちゃいけない。誰にも見つかっちゃいけない。

私は彼らが、母を殺した連中だと思ったんです。黒い服を着た体の大きな男たちだったので、そのときは本当にそう見えたんです。私は床下の収納庫に隠れて息を潜めていました。しばらくすると、男たちが家に入ってきました。

「いないなあ。やっぱり嘘だったか。こんなところに子どもがいるわけないもんな」

そんなことを話しながら、ずいぶん長いあいだ懐中電灯で家のあちこちを照らしていました。

床下の収納庫は傍目《はため》にはわかりにくい構造になっているので、男たちはふたの上に立っていても、そこに私が隠れているとは思いもしなかったはずです。私は洞窟で眠るコウモリのごとく息を殺し、彼らが立ち去るのを待ちました。ついに彼らが私を見つけられないまま出て行くと、私は心の中で快哉《かいさい》を叫びました。

ばれなかった。お父さんとの約束どおり、誰にも見つからなかった。私の勝ちよ。お父さんに褒められるわ。

病院に来るべきか悩みました。とても苦しかったんです。記憶が戻れば戻るほどつらくて……。先生にお話しするならもう一度記憶をたどることになる……その時間に耐えられる自信がありませんでした。前回のカウンセリングの後、私は自宅でひと言も口を利きませんでした。はっきりしてくる記憶と溢れ出す感情の折り合いがつかず、気持ちを落ち着かせるのに必死でした。一度話せば止まらない気がして、口を開けなかったんです。夫は、私がついに失語症になったのではと大騒ぎでした。

夫が先生のお手を煩わせたかと思います。申し訳ありません。またもご迷惑をおかけしました。先生の電話で勇気が出ました。けりをつけなくてはと。でなければ、私は駄目になってしまうかもしれないって。

どこまでお話ししましたっけ？　ああ……食べ物がつき始めたところですね。ええ、ひと月

ほどで食料は底を突きました。インスタントラーメンを何日にも分けてかじっていましたが、それもなくなると、しばらくは水だけで耐えしのんでいました。木の実を拾って食べたり、花や、やわらかい葉っぱを摘んで食べたりもしました。飢えた状態が続くうち、やがて感覚がなくなりました。空腹を感じなくなったんです。その代わり、体に力が入らず、一日中寝ていました。

空腹は耐えられても、喉の渇きは耐えられません。私は水を飲みに出ました。泉でガブガブ水を飲んで頭を上げると、水面に自分の顔が映っていました。びっくりしました。顔は憔悴《しょうすい》しきって、髪はぼさぼさ。ひどい姿でした。顔を洗っても垢が取れません。そのまましばらく、水面に映った自分の姿を見つめていました。そうして空を見上げ、木々を見回しました。静寂だけがそこにありました。そして今更のように悟ったんです。

「ひとりぼっち」

そのとき、一匹のアリが手を這い上がってきました。私は目でアリを追いました。アリが私の手から腕、足の指から甲、ふくらはぎへと上ってきます。アリの動きに従って、自分の体をまじまじと眺めました。そしてまた、辺りに目を戻しました。木、森、木、森、空、空——。

次の瞬間、押し寄せてくる静けさと虚しさに息が詰まりました。このままじっとしていれば息が詰まって死んでしまう、そんな気がして、悲鳴を上げました。

「うわあああああああああああああああああああああああ!!」

声が嗄《か》れるまで叫び続けました。私はここにいる。この森にひとりぼっちでいる。この世に存在していると。誰かの耳に届くことを祈りながら、死に物狂いで叫び続けました。

死にかけたこともあります。

食べ物を探して森を歩いているとき、ふと誰かに見られている気がしました。もしや父ではと急いで振り向くと……今もはっきり覚えています。原始的な恐怖。悪意なき殺気。イノシシでした。生きた本物のイノシシ。イノシシと目が合った瞬間、頭が真っ白になって、束の間の静寂が永遠のように感じられました。

走りました。イノシシも私を追いかけ、転んではまた追いかけてきます。かけっこが得意なほうではありませんでしたが、そのときは助かりたい一心で、超能力が生まれたようです。ひたすら前を見つめて走りました。と、足が宙を踏み、あれ、と思った瞬間、そのまま崖下へ転落しました。幸いそれほど高い崖ではなく、すぐに意識を取り戻しました。見ると、崖の上でイノシシが私を捜してクンクン鼻を鳴らしています。崖から落ちるとき腕を折ったようでしたが、うめき声さえも必死にこらえました。イノシシが去ると、ようやくほっと息をつきました。悲鳴を上げる力もないまま、涙を呑んで起き上がると、朝までかかってぼろぼろになった体で家に戻りました。

先生、見てください。こっちの腕のほうが少し短いでしょう？　生まれつきだと思っていたんですが、よく考えてみると、そのとき治療を受けられなかったせいでした。思い出したんです。

ある日、どうしようもないほどお腹が空いて、花でも摘んで食べようと外へ出ました。食べられそうな花や草も見当たらず、水でお腹を満たして帰ろうとしたとき、木の根元にキノコを見つけました。キノコはむやみに手を出してはいけないとわかっていましたが、見た目も普通だし匂いも特になかったので、大丈夫だろうと思って食べたんです。ほら、毒キノコは色も形も派手だと、学校で教わるでしょう？　でもそのキノコの見た目は、ごくごく普通だったんです。ひと口食べてみると味もよかったので、一帯にあるキノコを全部摘み、両腕に抱えて帰りました。

あんなに苦しんだのは初めてです。はらわたがねじれ、あまりの高熱に、生きたままゆでられているようでした。胃の中に何も残っていないのに、嘔吐と下痢をくり返しました。次第に幻聴と幻覚まで見るようになりました。父が私を迎えにくる幻覚です。

ユシン、大丈夫か？　しっかりしろ。父さんが来たぞ。さあ、家に帰ろう。家に帰ろう。いい子だ、家に帰ろうな。

苦しみもがきながら、それが幻覚だとも気付きません。嬉しくて嬉しくて、泣きながら父に付いていこうとしました。言うことを聞かない体をやっとのことで起こすと、父の姿はありません。がっかりして横になると、またもドアを開けて父が迎えにきました。そうやって一晩中、

希望という残酷な拷問《ごうもん》に苛まれたんです。

人は、希望があるからこそ生きていけますよね。もっと良くなるはずだ、この苦しみが消えるはずだ、幸せな日がやってくるはずだ。そんな希望。私にも希望がありました。森でひとり、孤独や空腹と闘いながら、ひたすら希望だけを胸に耐えていました。父が迎えにくるという希望です。でもその夜、幾度となく私を迎えにくる父の幻を見て思いました。私は希望を捨てる訓練をしているのではないかと。

しまいには、こう考えるようになっていました。

ああ、お父さんは来ないのかもしれない。

それからは、幻を見ても驚いたり付いていこうとはしませんでした。最後の希望さえも幻だったのだと認めたのです。


そのときでした。すべてをあきらめた瞬間、あの子が近付いてきたのです。

汗に濡れた私の髪をなで、苦しそうにうめく私の顔をそっとさすってくれました。それから、やさしい声で言いました。

「苦しまないで……大丈夫……苦しまないで。そばにいるから。そばに……」

その日から、ずっと〝その子〟と一緒でした。もう寂しくありませんでした。そうです。それは、エレベーターに閉じ込められたときに現れた、あの子です。彼女は子どものころの私に

そっくりです。ええ。あの子は私自身でもあります。

どういうことかって？　そうですよね。自分でも何を言っているのかわかりません。でも確かなのは、私がすべてを投げ出したあの夜、あの子が森で生まれたということ。〝生まれた〟という表現が正しいのかはわかりませんが、それしか思い浮かびません。あの森で、あの子は生まれました。彼女は、私が孤独と恐怖に疲れてすべてをあきらめようとした瞬間、私を救うために生まれたんです。

それからは、もう寂しくも、悲しくも、怖くもありませんでした。森で転んで、膝に真っ赤な傷ができても痛くありません。気分的な話ではなく、本当に、あらゆる感覚がなくなったんです。空腹さえも感じなくなりました。ええ、あの子が現れてから、私の中で感情そのものが消えたんです。そのすべてを、彼女が引き受けてくれました。孤独や悲しみ、恐怖。転んだときの痛みや空腹。私が目を背《そむ》けたがる後ろ向きな感情を、あの子がそっくり引き受けてくれたんです。

ええ、すべてを。

いつしか、私は一日のほとんどを寝て過ごすようになりました。今思えば、飢えで気力がつきていたのだと思います。私が疲れ果てて横になっていても、彼女は私の代わりに起き出して、森を散歩し、リスと遊び、絵を描き、父を待ちながら、私の代わりを務めました。私は横たわって床に頬をくっ付けたまま、私の分身が私の代わりに〝生き続ける〟姿を見つめるばかりでした。

　何より嬉しかったのは、寂しくないということです。自分とそっくりの子が、いつもそばにいてくれたのですから。終わらない夜も、静けさも、苦しみも、あの子と一緒なら怖くありませんでした。そのときの私は本当に、彼女は私を救うために空から舞い降りた天使なのだと思っていました。きっと、母が空の上から使いに出してくれたのだと。

　あの子に、それまで誰にも言えなかったことを打ち明けました。本当はとても怖いのだと。本当はとても悲しいのだと。父の事業が不渡りを出して引っ越すことになったときも。母と二人きり、おばけが出そうな家で辛抱していた日々も。母を亡くしたあの夜も。父に付いてこの森にやってきたときも。森でひとり生き延びなければならなかったこれまでの日々も。いつなんどきも、悲しく恐ろしくなかったことはないと。

　でも、それを口に出してしまえば、父と母が悲しむんじゃないか、私よりもっと悲しむんじゃないか、そう思って言えなかったと。だからひとり、ぐっとこらえていたのだと。そんな本音をすべて吐き出しました。あの子は私の話をすべて聞き終えると、私の肩を叩き、大丈夫、大丈夫、とぎゅっと抱きしめてくれました。父と母に慰められたかった分を、あの子がそうしてくれました。

　本当にありがたかった。この子がそばにいて本当によかった。この子と一緒なら、この森でいつまでも父を待てそうだと。そう思いました。

終わりはあっけなく訪れました。その日も、昼か夜かもわからないまま、横になって寝ていました。いえ、寝ていたのか、へたばって意識を失っていたのか定かじゃありません。ただただ、とめどなく夢を見ていたような気がします。

ドアが開く音がしました。そして、登山服を着た中年の男が入ってきました。私はまた幻かと思い、かまわず寝続けました。男は辺りを窺いながら入ってくると、私を見つけて叫びました。

「おい!! 子どもが倒れてるぞ!! おいってば!! こっちへ来てみろ!!」

続いてざわめきが聞こえ、人々が詰め掛けてきました。登山服姿の男が近寄ってきて、私の肩を叩きます。その瞬間、これは幻覚でも幻聴でもないのだと気付きました。私はすぐさま男に背負われ、人々の手で家の外に運び出されました。

よかった? いいえ。私は最後の力を振り絞って、ドアの枠にしがみつきました。はっとわれに返ったんです。ああ、いけない……かくれんぼは誰にも見つかっちゃいけないのに……。いけない、お父さんに叱られる。私は恐ろしさに叫び声を上げました。

「やめて! 行かない! 放して!!」

大声で叫び、喚き、暴れました。放してくれと。ここにいる。ここにいるんだと。ええ、エレベーターに閉じ込められたとき、助けに来てくれた人たちに向かってそう叫んだように。私が喚き散らしているあいだ、あの子は黙って私を見つめていました。人々の手で運び出されるときも、じっと突っ立ってこちらを見守るばかりでした。ドアから出る瞬間、最後にあの子と目が合いました。悲しい目でした。そして小さな唇を動かして、私に言ったのです。何て言ったかですか？　ええ、はっきり覚えてます。

「私を置いていかないで」

解離性人格障害ですか？　聞いたことはあります。ドラマや映画に出てくるあれですよね？人格が二つ、あるいはそれ以上に分離するという、早く言えば二重人格みたいなもの。つまり、あの子は、私の中の別人格だと？　人間が極限のストレス状態に置かれると、本来の人格が耐えられなくなるのを防ぐために、別の人格を作り出す。なるほど、新しい人格が吸収剤の役割となって、マイナスの感情を代わりに引き受けてくれると……。先生のお話で、少しは理解できそうです。

結局あの子は、私を救うためだけに生まれたのですね。そんな子を、私は置いてきた……ええ、私はあの子を見捨てたんです。置き去りにしたんです。あの森、あの家に。

ああ、いいえ、わかってます。実在するわけじゃないってことも、私の幻覚に過ぎないってこ

とも、ちゃんと。もちろん、頭では。でも本当に、自分の肉親を捨ててきたような気分なんです。どこかで、ですから、あの森で、いまだにあの子は私を待っているんじゃないかって。考えすぎだってことも、妄想だってこともわかってます。でも、私があの子を捜しに行かなければ、この悪夢は終わらない気がするんです。

だから行こうと思います。あの森へ。あの家へ。


汽車に乗った。

およそ二十年前と同じ片隅の席。父がそうしたように、窓辺のカーテンに半ば顔を隠し、誰か追いかけてきやしないかと不安そうな目で外の風景をなぞる。その汽車は、まるで二十年前のあのときに戻るタイムマシンのようだった。

記憶が戻るにつれ、父に関する記憶もよみがえり始めた。

「どうして恨み言の一つも言わないんだ？」

ある日、夕飯の支度をしていた私に父が言った。ニンジンを切っていた私は、何の話かわからないという目で父を見つめた。

「あのときは仕方なかったと言っても……今更だろうね？」

またもきょとんとした視線を返す私に、父は悲しげな目をして頭を垂れた。

「これがお前なりの罰なのか……？」

鉄の玉のようにずしりと吐き出されたことば。

「すまない」

夕陽が差し込むキッチン。私と父は黙って互いを見つめた。だが父は、娘が、自分が置き去りにされた記憶を〝忘却〟していたという事実を知らなかったのだろう。

私が忘却の中にいるあいだ、父は私にどれだけ謝ったのだろう。

それとも、謝らなかったのだろうか。

あらゆる記憶を取り戻した今、父が長い出張から戻ったら尋ねたいことがある。解くべき課題が残っていた。なぜ私を、あの森の奥深くに置き去りにしたのか。迎えにこなかったのか。疑念と不信感と恨めしさが心に渦巻く中、汽車が終着駅に着いた。私は駅に降りて、周囲をぐるりと見わたした。父と入った駅前のうどん屋がまだ残っているのを見つけ、嬉しさに立ち寄った。うどんを一杯頼んだが、悲しみが込み上げてきて、結局ひと口も食べられなかった。

まだ朝も早く、バスの乗客は私一人だった。あのときのように最後尾の席に座り、お尻が痛くなるほど道の悪い田舎道をたどっていく。窓越しに見える風景は、二十年前とはずいぶん変わっていた。田畑ばかりだったところに思いのほか建物や民家が立ち並び、化粧品の製造工場もできている。でも、森が近付くにつれ、不思議なぐらい昔のままの風景が続いた。

三十分以上走り、終点で降りた。どこか感慨深く、バスが土煙を巻き上げながら見えなくなるのを見送った。そこにあった商店は看板が落ち、荒れ放題になっていた。

森への入り口に〝グリーンベルト保護区域〟と書かれた、苔むした案内プレートが立っている。息が乱れ、片手でプレートにもたれてうなだれた。私は、これから長い潜水を始めるダイバーのように、深く息を吸い込んだ。


森の中を歩いた。森はあのころよりいっそう深くなったようだ。木々の合間から格子模様のようにのぞいていた空も変わらない。濃い草いきれに包まれ、初めて耳にするような鳥のさえずりを聞きながら、奥へ奥へと歩いた。ない道を必死に開きながら進んでいたときだった。目の前に、二十年前、九歳だった子どもの後ろ姿が見えた。

「お父さん、待って」

かかとが擦れて血がにじみ、お菓子の袋を落としながらも、必死で父の後を追っていた足取りがそこによみがえった。私はぐっと涙をこらえて、二十年前の自分を追いかけた。

「お父さん、どこまで行くの？」

もう歩けないといった様子で幼い私がしゃがみこむと、私も立ち止まって呼吸を落ち着かせた。幼い私が再び歩き始めると、私も懸命にその後を追った。

とうとうあの場所に出た。苔とツタに覆われて、原形はほぼわからなかった。まるで巨大な怪物が、雑木で編んだ網に引っかかったまま眠ってしまったようにも見える。そんなふうに森と一体化してしまったあばら家の前に、今立っている。

込み上げてくる感情に、手で口元を覆った。そのまま、なんとか一歩、また一歩と木造の家に近付いていった。指の隙間から嗚咽が漏れそうになる。はたと足を止めた。家のドアが開き、あの子が現れた。ぼさぼさの髪、垢まみれのTシャツ、裸足。あのころの姿のままで、しっかりそこに立っていた。私の苦しみ、悲しみ、孤独をすっかり引き受けてくれた、あのころの姿そのままに。

ことばが出ず、とめどなく泣き続けた。水に溺れた人のように息ができず、頭の中が暗転した。そんな私とは裏腹に、彼女は穏やかな表情で小さくつぶやいた。


「やっと来たの？　待ちくたびれたよ……」


そのことばに私はくずおれ、何もかも吐き出さんばかりに泣き叫んだ。

ごめんね。

ごめん。

ごめん。

私の泣き叫ぶ声に、鳥たちが切り取られた空のあいだから飛び立っていった。

7 みんな知ってる

あの子はかくれんぼが好きでした。

ちっちゃなころから、かくれんぼをして遊ぶのが一番好きだったんです。カーテンの裏や台所の納戸、テーブルの下なんかにも隠れて。すぐに見つけるのは厳禁です。そんなことをすれば、がっかりして泣いてしまいますから。あれえ、ユシンはどこだろう、って大声で独り言を言いながら捜すふりをするんです。そのうち、あの子のクスクス笑う声が聞こえてきます。その声をたどって、やっと見つけたという顔で捜し当てると、あの子がキャッキャッとイルカみたいな声を上げて腕に飛び込んできます。そしたら、私はやっと見つかってほっとしたという表情で、あの子をぎゅっと抱きしめてやるんです。

少し大きくなってからも、一番はやっぱりかくれんぼでした。でも、成長するにつれ、隠れる場所もだんだん巧妙になってきたんです。一度公園で、本当に見つからなかったことがありました。あの子は古紙のリサイクルボックスの中にいたんですが、見事な隠れ方でまったくわからなかったんです。あの子も隠れているうちに眠り込んでしまって、いくら待っても出てきません。大変なことになったと思いました。公園の管理事務所に連絡して、警備員と一緒に公園をしらみつぶしに捜しました。あまりにも動揺した妻は、泣き疲れて過呼吸を起こすほどでした。私だけでもしっかりしなければと、かろうじて平静を保っていましたよ。その後、目覚めたあの子がリサイクルボックスから出てくると、私はその場にへたり込みました。あの子のお尻を叩きながら、ずいぶん長いあいだ泣きましたよ。あの子もわけもわからず泣き、私も泣いて、妻も泣いて。暗い公園で私たち家族は、長いあいだひしと抱き合って泣いていました。

〝あそこ〟にあの子を連れていったときも、一緒にかくれんぼをしているものと思い込んでいました。あの子が隠れ、私が捜しにいく。あの子は隠れるのが好きだから大丈夫だろうって。バカにもほどがありますよね。かくれんぼだなんて……。ええ、正気じゃありませんでした。だからあんな愚かなことをしたんです。

私は本当に面白みのない人間でしてね。それに輪をかけたように模範生でした。子どものころはこつこつ勉強ばかりしてました。学校が終わるといつもの道を通って家に帰る。寄り道をしたり道を変えたりすれば、この世が終わるとでもいうように。難なく中の上レベルの大学の英文学科に進学し、経営学を副専攻にしました。卒業すると、外資系の銀行に就職しました。特に優秀だったわけではなく、当時は好景気で、卒業生はどこでも引っ張りだこでしたから。ともかく銀行に就職して、韓国在住の外国人事業家を担当することになりました。ほとんどがVIPの客でしたね。

内心、彼らを羨《うらや》ましく思っていました。海外でのびのびと暮らす様は、井の中の蛙《かわず》のように生きてきた私の目にとても新鮮に映り、羨ましい限りでした。アクティブでダイナミックな人生。よく、韓国に来る前はロシアで事業をしていただの、ブラジルにいただのと冒険譚《たん》を聞かされたものです。ここでの事業が落ち着いたら他の国でもチャレンジしたい、そんな話を聞いてると、一度きりの人生、あんなふうに生きるべきじゃないかという気になりました。四方をパーティションで区切られたオフィスで、変化のない日常に安住している自分が情けなく思えました。

そのころからです。逸脱を夢見始めたのは。

友だちにジェホという、高校時代から問題ばかり起こしていた駄目な奴がいました。大学もギリギリで地方の貿易学科に入れたんですが、こいつの家がまた金持ちでしてね。持てる者の余裕と言うんでしょうか。人に何を言われようが、どこでトラブルを起こそうが、悪びれることもひるむこともない。ああいう体質は、生まれつきの金持ちにだけ与えられた特権みたいなものですよね。私とは真逆、真反対の人種とでも言いましょうか。

それはともかく、そいつから連絡が来たんです。高校時代、身長が同じぐらいだったので隣の席になったこともありましたが、かといって親しいともそうでないとも言えない間柄でした。模範生とワルガキのあいだにこれといった接点はありませんでしたから。ところが、のちに偶然、軍隊で再会したんです。軍隊の同期となれば話は変わってきます。私たちは急激に親しくなりました。

除隊して就職してからも、ひと月に一度ぐらいは会っていました。あいつのほうから一杯やろうって誘ってくるんです。私には自分から誰かに連絡するような甲斐性《かいしょう》がないので、奴からすれば気を遣《つか》ってくれていたようです。ともあれ、会って世間話をしてると、時間が経つのを忘れました。主にあっちが話し役で、こっちは聞き役です。ひとたび話が始まると、私は口をぽかんと開けたまま奴の話に聞き入っていました。饒舌《じょうぜつ》だったこともありますが、何より別世界の話だったからです。事業の話や接待の話になると、まるで漫画に出てくる海賊の冒険譚を聞いている気分でした。半分はホラだとわかっていても、頷かせる何かがあったんです。時々私が銀行の話をすると、奴は最後まで聞こうともせず、退屈で死にそうだというように手を振りました。あいつの目には、私なんかの生き方はさも息苦しく映ったでしょうね。

それから月日が流れました。私はその間に妻と結婚し、ユシンが生まれ、それなりに忙しい日々を過ごしていました。ジェホとは数年会っていませんでした。イタリアで事業をしていたそうです。そして三、四年ぶりだったでしょうか。帰国したから会おうと言ってきました。最初は誰だかわかりませんでした。図体《ずうたい》も大きくなってるし、真っ黒に焼けていて、ぱっと見には外国人みたいでした。これまでの生活をざっとおさらいし終えると、いきなり一緒に事業をしないかと言われたんです。イタリアから家具を輸入するうまい話があるからと。私は英語もできるし、銀行でも外国人を相手にしてきたから、諸々の面で自分と息が合うはずだと。そそられる話でした。

お金を儲《もう》けたいとか出世したいとか、そういった欲はありません。銀行の給料でも食べていくには充分でしたから。ただ……あまりにつまらない人生じゃないかと。社会的にも認められ、結婚もし、目に入れてもいたくないほどかわいい娘を授かったけれど、自分の人生には何かが足りてないんじゃないかって……。単調すぎる人生が虚しかったとでも言いましょうか。スタンダードな暮らしから、一度くらいは外れてみたかったんだと思います。

古だぬきみたいに口のうまい奴でした。そうです、これを人生の転機にしたいと思ってしまいました。いつまでもデスクに座って、明日と来年と十年後がわかりきってる人生に疲れていたんです。

ええ、当時はわかりませんでした。その平穏がどれだけ大切なものなのか。

初めは上々でした。奴の言うとおり、ずいぶん儲かりましたよ。

主な顧客は高級住宅街の奥様方で、言い値が高ければ高いほどよく売れました。われ先にと買っていくんです。浮かれていました。月給取りの通帳に見たこともない大金がどんどん振り込まれるんですから、笑いが止まりませんでしたよ。銀行を辞めると言ったときは大反対していた妻も、ようやくほっとしたようでした。この勢いならすぐにでも財閥になれそうだと思いました。それまでのサラリーマン生活がバカらしく思えたくらいです。

お金もそうですが、勤めていたときより時間に自由は利くし、顔色を窺わなきゃならない上司もいないからストレスも溜まらない。いろんな面で心身共に羽を伸ばせるようになりました。当時は妙な自信に溢れていて、それまで着たこともない派手な服を着たり、声も大きくなって、周りからは目つきが変わったと言われたり。気持ちに余裕ができると、週末は家族であちこち旅行に行くようになり、大学院で他にも何か学んでみようかとプランを立てたりもしました。ええ、いい時期でしたよ。


当たり前のようですが、幸せは長くは続きませんでした。事件が起こったんです。

イタリアから輸入していたはずの家具が、実はすべて中国製だったんです。私たちも中間業者もだまされたかたちでしたから、手の施しようがありませんでした。あるルポ番組で、こっぴどく叩かれましたよ。当時の韓国は通貨危機の前、バブルで貧富の格差が広がり始めたところで、金持ちへの敵対心がじわじわ表面化していたころです。偉そうな金持ちがものの見事に詐欺に遭う様は、マスコミのいいカモでした。

〝高値で売られるイタリア製家具、ふたを開ければ中国製〟

大騒ぎでしたよ。返品の問い合わせが殺到して、予約注文はことごとくキャンセルになりました。一番痛かったのは、慶州《キョンジュ》の新築ホテルに一括納入する契約が駄目になったことです。こっちはすでに品物を倉庫に運び入れて検品していたところなのに、それがそっくり不良在庫になってしまったんです。それだけじゃない。気が付けば顧客という顧客から訴えられていました。一瞬で地獄に堕ちました。あっという間でしたよ。借金は日に日に膨らんでいくのに、何もできない。あいつが何とか手を打とうと四方を駆けずり回っているあいだも、私は呆然《ぼうぜん》とするばかりでした。とんだ出来損ないです。そうして状況のつかめないままひと月ほどが経ちました。すると、ある日から借金取りが訪ねてくるようになって、ようやく異変に気付いたんです。どうやら奴は闇金に手を出して、火急《かきゅう》の問題を収拾しようとしたようです。事態は収まるどころか、火に油を注いだも同然でした。

田舎や山に住む野生動物に遭遇したことはありますか？　動物園や家で飼われている家畜ではなく、実際に山野で暮らす動物たちです。彼らの目にあるのは、こちらが震え上がるほどの殺気です。火種の残った灰をぎゅっと固めたような、決して獲物を逃すまいという意志。闇金業者は、まさにそんな目をしているんです。あの目を見た瞬間、本能的に悟りました。ああ。これまでの世界とはもうおさらばだと。

借金取りが来始めたころ、ジェホとは連絡が途絶えていました。裏切りを噛み締める暇もないほど、奴らに苦しめられました。二、三カ月で十五キロも痩せましたよ。ひとまず田舎に逃げ帰りました。でも、奴らに先回りされていました。その足で引き返し、大邱《テグ》や釜山《プサン》へ逃げました。私が逃げ回っているあいだ、妻と娘もひっそりと息を潜めて暮らしていました。

もうお手上げだと思い、銀行の元同僚に助けを乞いました。額が額だけに、みんな驚いた顔で拒絶しました。下手すれば自分たちの身も危ないって。考えてみれば、一介の銀行員がイキがって辞表を出したと思ったら、一年も経たないうちに借金取りに追われているんです。いい気味だと思ったでしょうね。そのうち電話も取ってもらえなくなりました。

惨めでした。でも、プライドをかなぐり捨ててでも、まずは生きなきゃならない。私は金策に走りました。これといった当てもなく。農業をしていた田舎の母は認知症で入院していましたし、親戚の中でもまだましな暮らしをしていたのが私だったんです。金策のめどが立たなくなると、できることといえば、ジェホの家の近くで待つことぐらいでした。もちろん無駄でしたよ。どこへ飛んだのか、狐にでも化けたのか、奴の髪の毛一本見つかりませんでした。

結局、飲めもしない酒をあおって、何かの映画で見たように臓器でも売ろうか、命がけでギャンブルでもやろうか、そんなことを考えていたとき……

あの子を見かけたんです。

仕事終わりと下校のタイミングが合えば、娘を迎えにいっていました。そのとき、何度か見かけたことがありました。

「お父さん、あの子の家、すごくお金持ちなのよ。先月あの子んちでバースデーパーティーがあったの。すっごく大きなレストランだった。そこでトンカツを食べたのよ。チーズトンカツ。お父さん、チーズトンカツ、食べたことある？」

ユシンがその子のバースデーパーティーに招待されて行ってみると、両親が大きなレストランを経営していたようです。そんな話を、羨ましそうに何度もしていました。ユシンと同じピアノ教室に通っていたので、何度か二人を送っていったこともありました。

誘拐だなんて、そんなこと考えたこともありません。まさか、誘拐だなんて。

ただ、あの子を見た瞬間、ただ……。わかりません。今もどうして自分があの子を車に乗せたのか……。いえ、単にどうかしていたんだと思います。私も自分がどういうつもりであの子を車に乗せたのか、今になってもわからないんです。

あの子……ヨヌちゃんだったでしょうか。定かじゃありませんが、そんな名前だったと思います。何ら疑う様子もなく車に乗ってきました。娘はそのころ、学校にもろくに通えていませんでした。どうしようもない父親のせいで、逃げ回っていましたから。学校側は、体調不良で欠席しているものと思っていたようです。

「ユシンが君に会いたがっててね。家で待ってるんだ」

ユシンが病気で学校を休んでいて、だから退屈してるって。うちに来てユシンと遊んでやってくれないかと言いました。すると、あの子はすんなり車に乗ってきました。そんなふうに後先考えず子どもを乗せ、目的もなしに走りました。前へ、前へ……。

あてどなく車を走らせていると、あの子が不安がり始めました。

「おじさん、どこへ行くの？　ねえ、本当にユシンが待ってるの？」

立て続けに訊かれ、誰かに心臓をわしづかみにされたように息苦しくなりました。自分は何をしているのか、何をしでかそうとしているのか。何も考えられませんでした。いつの間にか市街地を抜け、廃墟となった化学工場の敷地を横切っていました。そのとき、あの子が言いました。自分なりに不安な気持ちを振り払おうとしたのでしょうか、それとも気まずい空気を和らげようとしたのでしょうか、やけに明るい声でこう言ったんです。バックミラーにぶら下がる家族写真のキーホルダーを見ながら。

「ねえおじさん。この写真、Aランドでしょ？　私も来週行くの。来週、お父さんとお母さんと一緒に行くのよ」

それを聞き、目の前で小さな花火が上がったかのように、視界がぱっと開けました。われに返ったんです。その声は、まるでユシンのもののようでした。すぐに車を停め、あの子に降りろと言いました。財布から五千ウォン札を出し、手に握らせて。あの子は状況が飲み込めず、お札を握り締めたまま目をしばたたかせていました。私は怒鳴りました。

「降りろ！　今すぐ降りるんだ！」

あの子は怯え、べそをかいていました。そしてドアを開け、車を降りようとしました。そのとき、足を踏み外して車体のどこかに体を引っ掛けてしまったんです。けがをしたのか、膝を押さえて痛がっていましたよ。でも私は知らないふりをして、再びエンジンをかけると、まっすぐ車を走らせました。バックミラー越しに、あの子が畑の真ん中に立ちつくしているのを見ながら。気持ちが変わる前に、できるだけあの子から遠く離れようとひた走りました。まるで猛獣に追われているかのように、逃げて逃げて、ひたすら逃げたんです。

その足で妻と娘に会いに行きました。
会うのはほとんど三カ月ぶりでした。ところがその日……ええ、その日、妻が死んだんです。水をいただけますか。喉が渇いてしまって。たばこを一服、してもいいでしょうか。

私が家に着いたのは、借金取りの連中がちょうど家を荒らしているときでした。ユシンの泣き声が聞こえました。すぐに駆けつけようとしましたが、それでは奴らの思いどおりになってしまう。自分が捕まれば、妻と娘の人生も終わりだ。共倒れになってしまう。少しだけ、ほんの少しだけ耐えてくれ。そう思いました。だから私は、車に戻って待っていたんです。奴らの狙いは私だ。まさか家族を傷つけはしないだろう。脅すだけ脅して帰るはず。そんなふうに自分の行動を正当化しながら、膝を抱えて縮こまっていました。まさか、まさか……妻を殺されるとは……。

でも、そのまさかでした。連中が去り、深夜になって家に入ってみると、妻は死んでいたんです。どうして、なぜ死んだのか詳しい状況はわかりませんが、確かなのは一つだけ。奴らに殺されたということです。

理性の糸が切れました。とうに冷たくなった妻を抱いて泣き叫びました。声が嗄れるほど憔悴しきったころになってやっと、夜通し母親のそばで泣いていただろうあの子を胸に抱き寄せました。幸か不幸か、あの子は一晩中、死んだように眠っていましたよ。ショックが大きすぎたのか、気絶したように深い眠りについていました。私は眠っているあの子を抱いて胸に誓いました。

守るんだ。何があっても、ユシンだけは守るんだ。

その後は、理性の糸を無理やりつなぎ直して動きました。妻のなきがらを病院に運んで死亡診断書をもらい、警察の調査に応じ、知人に頼んで葬儀場を予約し……。そのあいだ、自分がどんなふうに過ごしていたのかよく思い出せません。指示を入力されたロボットのように、書類を書いては提出するのをくり返すばかりでした。

警察ですか？　ええ、調査してみると言ってました。でも、私はすでに稀代《きたい》の詐欺師というレッテルを貼られていたので、私のことばを信じるどころか、目の敵《かたき》にされました。お前がやったんじゃないのか。正直に吐け。保険金狙いだろう。絞りに絞られて、体中の水分が抜けていくようでした。この世に自分の味方はいない、そう思いました。やがて誰も信じられなくなり、警察さえも奴らの一味なのかもしれないと疑うようになりました。

どうにかこうにか、妻の葬式を出せるようになったときのことです。葬儀場に来てみると、入り口の前に連中が立ちはだかっていました。

いいえ、今思えば私の勘違いだったのかもしれません。葬儀場というのは本来、黒服ばかりですから。ただの弔問客だったのかもしれませんね。ええ、当時、幻覚に苛まれていたようです。四六時中追い回され、追い詰められているというプレッシャーから。それが本当に連中だったかどうかはわかりませんが、葬儀場も安全ではないと思いました。必死で頭を働かせました。どうしたらあの子を守れるか。そのとき、かくれんぼということばが浮かんだんです。

はい、かくれんぼです。鬼に見つからないように隠れる、あの遊び。

深夜、連中の姿が見えなくなった隙に、あの子を起こしました。泣き疲れて母親の遺影の前で眠っていたあの子を。

「行こう、父さんと」

あの子は目をパチパチさせながら、不思議そうな顔で私を見つめました。母親の死に際にいなかった父親が、今になってどこへ行こうと言うのか。そう責められている気がして、あの子の目をまっすぐに見返すことができませんでした。

銀行に勤めていた当時、職場の人たちとよく登山をしました。そのとき知り合った人の中に、VIPを引き連れて野生動物保護区域に入り、狩りをしていた業者がいました。もちろん違法ですよ。でも、金が余って仕方ない連中は、他人が足を踏み入れることのできないタブーの領域に金を使いたがるものなんです。

とにかくそこで、密猟者たちが休憩したり食事をしたりする別荘に寄ったことがあるんです。ハイシーズンの週末はいつもごった返していましたが、私が退社するころには密猟がばれて関係者たちが捕まり、その別荘はそのまま廃墟になってしまったと聞いていました。

あそこなら〝かくれんぼ〟をするのにちょうどいい、そう思いました。

そこを目指して汽車に乗り、バスに乗り換えて山道を進みました。森に入る前、今にも潰れそうな商店であの子に食料を買わせました。ユシンは遠足にでも行くと思ったのか、嬉しそうにお菓子をどっさり買い込んでいました。上機嫌なあの子と一緒に森の奥へと向かいました。ようやく着いてみると、幸い建物は撤去されることなく残っていました。人が来なくなったせいか、茂みが深くなり、まるでジャングルのようでした。藪《やぶ》をかき分けて、あの子と一緒に中へ入りました。ぼろぼろの外観に比べ、内部の状態は思ったより良好でした。クモの巣と埃はすごかったものの、なんとか過ごせそうです。でも、無許可の建物なので、電気と水道は使えなくなっていました。

　床下の隠し収納庫を開けると、始末する暇もなかったのか、密猟者たちが非常食としてストックしていたインスタントラーメンや米がありました。見ると、まだ食べられそうです。森の手前の商店で買ってきた食料と非常食を集め置き、あの子にトイレの使い方と水の補給場所を教えてやりました。あの子は森に入った瞬間から、何かにとりつかれたように呆然としていました。

「ユシン、よく聞くんだ。今からかくれんぼをするぞ。いーち、にーい、さーん……。父さんがくるまで絶対に見つかっちゃいけない。いいな？」

　あの子に呪文をかけました。ユシンは私の言うことなら何でもよく聞くいい子でしたから。あの子の小指に私の小指をからませて約束させました。迎えにくるまで誰にも見つからずに、うまく隠れていること。

　すぐに迎えにくるから。そう言い残してきびすを返す私の胸は張り裂けそうでした。あの子の顔を見たら立ち去れなくなる、そう思い、あの子が付いてこないことを確かめてからは一度も振り返りませんでした。連中からあの子を守れる安全な場所を見つけるまでの三、四日。長引いても一週間はかからないはず。すぐに迎えにいこう。仕方がない。ユシンを守るためにはこれがベストなのだ。そう自分を正当化して、あの子をひとり置き去りにし、私は森を去ったのです。

その足で連中のアジトに殴り込んでいきました。鉈《なた》を片手に。殺してやるつもりでした。妻を殺されたのだから奴らも死んで当然だと。自分を見失うと、どこからか馬鹿力が湧いてきました。わき目も振らずに突進して鉈を振り回し、一人の腕を斬《き》り落としました。こちらが正気でないと思ったのか、あちらにも人を殺《あや》めたという後ろめたさがあったのか、奴らに少しばかり動揺の色が浮かびました。だがそんなことはどうでもいい、私は連中を殺して、自分も死ぬつもりで鉈を振り回しました。

しかしすぐさま立場は逆転し、私は二度と起き上がれないほど叩きのめされました。連中はこう言いました。この業界で人一人殺すことなど何でもない。人殺しでムショに入るのは勲章と同じだって。

それからこう続けました。金を返さないなら、次は二度と子どもに会えなくしてやる。子どもに手をかけると言われた途端、張り詰めていた糸がぷつんと切れた気がしました。がばっと起き上がって目の前の大男の顎に頭突きを食らわせました。ガリッ、と歯が削れる音がしました。不意の攻撃に、奴らが奇声を上げながら飛びかかってきました。次の瞬間、何かずしりとした物で後頭部を殴られ、私はそのまま意識を失いました。

8　みんな知らない

気が付くと、倉庫に監禁されていました。どれほど殴られたのか、体が言うことを聞きません。腰骨が砕けたようで、まともに座ることもできない状態でした。どれくらい時間が経ったのかもピンと来ませんでした。

ユシン、あの子の顔が浮かびました。私は大声で叫びました。ユシン、ユシン！　とにかくユシンの名を呼び続けました。すると倉庫のドアが開き、奴らが入ってきたかと思うと、ゴンッという音と共に再び意識を失いました。

そんなふうに意識が戻っては殴られ、意識が戻っては殴られのくり返しでした。あの倉庫にどれくらい閉じ込められていたんでしょう。おそらく二週間か三週間ほどだったと思います。そして次に目覚めたときには、あぜ道のぬかるみに浸かっていました。生き埋めにされる直前で放置されたようでした。今思えば、金をつくってこいという意味で、ジェホを捕まえるえさとして逃がされたんでしょうね。

なんとか死の淵から這い上がり、ぬかるみから抜け出しました。そして道へ出ると、高速道路に沿って歩きました。そんな出で立ちですから、車は一向に止まってくれません。仕方なく、夜の高速道路を休まず歩き続けました。どこまでも続く真っ暗いトンネルに、わずかに残った気力さえ吸い取られてしまいそうでした。トンネルの中で何度か倒れ、意識を失いました。舞い上がる埃と煙の中で夢を見ました。ユシンを迎えに森へ行く夢を。夢の中で森の奥へ入り、息ができないほどユシンをぎゅっと抱きしめました。そしてあの子の手を握り、家に帰るんです。家では私たちを待っていた妻が、遅いと文句を言いながら迎えてくれます。三人家族が昔のように、温かい家で温かい食卓を囲みながら、つつがなく、ささやかな日常を送っているんです。

そんな甘い夢から覚めると、目の前を突き刺すようなヘッドライトの明かりが通り過ぎていきました。すると、ああ、これが現実なのだと膝をついて立ち上がり、また歩き始めるのです。そんなふうに何日も歩き続ければ、いつかユシンのいる森にたどり着けるのではないかと。

歩いて森に行くことは不可能だと、三日目にして悟りました。道端に落ちていた小銭を拾い、知人に電話しました。迎えにきてくれと。ユシンを迎えにいかなきゃならないから迎えにきてくれと。わかったという返事を聞き、電話を切りました。でも一時間後、やってきたのは知人ではなくパトカーでした。

そのままパトカーに乗せられて手錠をはめられ、なぜか取調室に連れて行かれました。一体どういう状況なのか判断する間もありませんでした。初めは、連中が変装して私を捕まえに来たのだと思ったぐらいです。だから私は逃げました。そんな私を、警察は必死で追いかけてきました。あのとき逃げ出さず、落ち着いていきさつを説明していたら、何か変わっていたでしょうか……。

私は誘拐犯呼ばわりされていました。いえ、正確には誘拐の容疑者だと。わけがわかりませんでした。誰か私に説明してくれと言っても、警察は頭ごなしに怒鳴るばかりです。その中で、いくつかの単語がくり返し出てきました。

消えた子ども。写真。音声テープ。目撃者。血痕。

何日も取調室に閉じ込められたまま同じ質問に答える中、それらの単語が徐々に文章のかたちを成してきました。子どもが行方不明になり、誘拐犯とおぼしき人間から子どもの音声テープと写真が送られてきている。その子が私の車に乗るのを見た目撃者が現れ、車から子どもの血痕が見つかった。その〝子ども〟というのがユシンの友だち、つまり私が車に乗せたヨヌという女の子だとわかるまで、ずいぶん時間がかかりました。その子が行方不明？　誘拐？　まるで無声映画のワンシーンのように、頭の中でイメージがおぼろげに浮かんでは散っていきました。今置かれている状況がなかなか呑み込めませんでした。

誘拐事件の捜査は進展を見せず、難航しているとのことでした。私がヨヌを車に乗せるのを目撃したという商店の主の証言に加え、何より子どもの血痕が見つかったことで、ほぼ犯人と確定されていたようです。私が連中のアジトに飛び込んで、叩きのめされ、監禁されているあいだ、一方で私は有力な容疑者として新聞、ラジオ、テレビといったありとあらゆるメディアで取り上げられ、手配されていたそうです。

これらすべてが映画でもドラマでも漫画でもない、実際の出来事だという実感が湧きませんでした。私はひたすら、違います、わかりません、私じゃありません、と機械のようにくり返すことしかできませんでした。でも、私の身なりや、会社が不渡りを出して借金取りに追われている現状、突然の妻の死、子どもの消息が途絶えたと同時に私まで姿をくらましていたこと、そして警察が駆けつけたとき必死で逃げたという状況は、疑われても仕方のないものだと思いました。同じ立場なら、私でも自分を疑ったでしょうから。

気の遠くなるような取り調べの中、私はふと、本当は自分がその子を誘拐したんじゃないか、という気になりました。実際にその日、私の心に魔が差してあの子をどこかへ隠したんじゃないか。ユシンと同じようにその子を隠して、それを忘れているんじゃないか。罪悪感から、子どもを拉致《らち》したこと自体を忘れてしまったんじゃないか。それとも、奴らに殴られたときに脳のどこかを損傷して、記憶を失くしてしまったんじゃないか。そんなふうにくり返し自分を疑いました。

毎日拷問に近い暴言と取り調べが続き、気絶するように眠りに落ちると、今度は夢を見ました。私が子どもを拉致してあぜ道に引きずってゆき、その子の首を絞める夢です。息の根を止め、子どもの顔が蒼ざめていくと、いつの間にかそれはユシンの顔に変わっています。と同時に、悲鳴と共に夢から目覚めるのです。また夢を見るのが怖くて、泣きながら夜を明かしました。そんなふうに食べることも眠ることもままならないまま、取り調べの日々が続きました。

誘拐事件への関心の高さと事件の深刻さのため、長期にわたる勾留は免れませんでした。私の車から決定的な証拠である血痕が出た以上、警察も簡単には私を釈放できません。そのうえ、全国民が見守る中、子どもは一向に戻らず、事件は解決の兆しもないまま行き詰まっていたところで私が捕まったのです……。みなが一丸となって、私を誘拐犯と決め付け捜査しているようでした。

日増しに不安が募っていきました。森にひとりぼっちでいるユシンを迎えにいかなければ……森にいるユシンを、あの子を迎えにいかなければ……。しばらくすると、まともに寝ていないせいか、起きているときにも幻覚を見るようになりました。ユシンが取調室の片隅で泣いてるんです。寒さやひもじさ、恐怖にひとり泣いているユシンが現れては消えました。

……もちろん、必死で頼みました。子どもがひとりで森にいるから迎えにいかなきゃならないのだと。警察側は誘拐された子どものことだと思い、私の言う森に捜索隊を出動させたよう

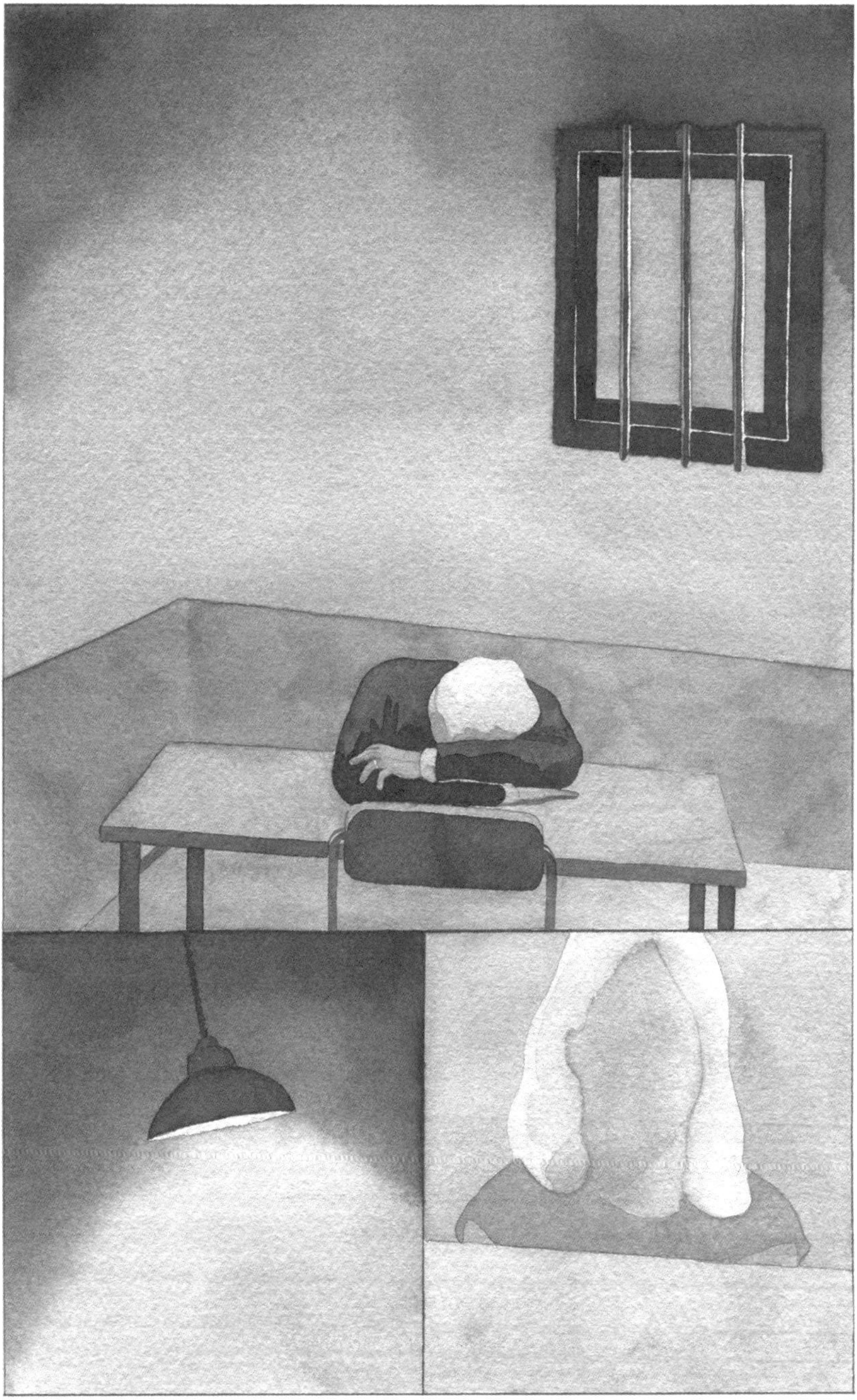

です。でもなぜか、その森には誰もいなかったとのことでした。理解できませんでした。あの家の場所を間違えて教えたのかと思い、何度も伝えました。でも、その森には誰もいなかった、捜査をかく乱しようとして嘘をついているのだろうと詰め寄られました。

ユシンはどうなったのだろう、どうしてあの森にいないのだろう。もしや、もしや……。そんな妄想が次々と浮かびました。恐ろしくて仕方ありませんでした。私が捕まっているあいだに娘に何かあったんじゃないか、とっくに奴らに捕まっているんじゃないか。恐ろしさのあまり呼吸さえまともにできませんでした。

私は理性を失い、正気をなくしたように暴れました。刑事とつかみ合いになったこともあります。弱り目に祟《たた》り目で公務執行妨害と暴行罪が加わり、私を釈放する理由はなくなりました。でも時が経つにつれ、私を捕まえておく理由がなくなっていきました。なぜなら私が監禁されているあいだも、子どもの状態を知らせる写真と音声テープが送られ続けていたからです。共犯の線で私を問い詰めてきましたが、私の返事は「知らない」の一つしかありません。

森にいるユシンが心配で、それこそ気が変になる一歩手前でした。ドアを壊して脱走するしかないと心に決めたとき、子どもが帰ってきました。ユシンが？　違います。ユシンではなく、誘拐されていた子が戻ってきたんです。ええ、ヨヌという子です。誘拐から四十九日ぶりに。

子どもが戻ると、私は証拠不十分で釈放されました。私を取り調べた担当刑事にタクシー代を借り、その足で森へ向かいました。森の入り口に着くなり、途中で靴が脱げたことにも気付かないまま、半狂乱で走り続けました。ずっとまともな食事と睡眠をとっていなかったせいで、体力など残っていません。途中からはほとんど這うようにして家へたどり着きました。森を去るときは長くても一週間と思っていたのに、心ならずも二カ月近くが経っていました。

「ユシン！　ユシン！　迎えにきたぞ！　ユシン！」

喉も張り裂けんばかりに、あの子の名を叫びました。でも、返事はありません。家の中にもあの子の痕跡はありませんでした。誰かがきれいに片付けたように空っぽになっていたんです。夢中で森を捜し回りましたが、ユシンの姿はありませんでした。私は、娘が森の悪霊《あくりょう》に食べられてしまったのかと思いました。

「ユシン！　ユシン！　父さんがきたぞ！　ユシン！」

声が嗄れるまで呼び続けました。そのうち不覚にも過呼吸を起こし、その場に倒れてしまいました。と、ぜいぜい喘《あえ》いでいる私の肩を誰かがつかみました。びっくりして後ろを振り返ると、登山客とおぼしき一人の男が立っています。顔に見覚えがありました。仲間と登山をしていた当時、何度か見かけた顔でした。男は倒れている私を不審な目で見つめ、ここで何をしているのかと尋ねました。

子どもを、子どもを捜しに来たのだと答えました。男はしばらく何か考えていましたが、やがて眉をひそめてこう言いました。

「少し前に、この家で飢え死にした子が見つかった」と。

死にたいと思いました。

もう生きる理由などありません。夜通し森を歩きながら、どうすればうまく死ねるか悩みました。それまで生きながらえていた自分が恥ずかしく思えました。妻が死んだときすぐに後を追うべきだった、どの面下げて生き延びていたのかと思うと吐き気がしました。足がただれ、血がにじんでいるのにも気付かず、暗い森をひたすら歩きました。娘の姿が、ユシンの姿が目の前をちらついていました。ひとりぼっちでこの森をさ迷っていただろうあの子の姿を追ううち、いつの間にか崖の上に来ていました。足下に、底なしの暗い穴がぽっかりあいていました。

目を閉じよう。

そのまま前へ倒れればいい。

次に目を開けたときには、妻とユシンのもとにいるのだ。恐怖もありませんでした。怖くもなければ心残りもない。そう、いっときも早く家族のもとへ行きたいと思いました。寂しかったんです。ひとり取り残されたことが寂しくてたまらなかった。早く妻とユシンのいるところに行って休みたいと思いました。疲れていたんです。この数カ月でわが身に起きたことのために、途方もなく疲れていたんです。とにかく早く休みたい、そう思っていました。

体の重心を前方に傾けると、足下の土がボロボロと崩れ落ちました。ローラーコースターの

てっぺんから地面に急降下するときのように、内臓が重力を失ってうねりました。そのときです。誰かが私を呼ぶ声がしました。私に娘の死を知らせたあの男でした。男は急いで駆けてきて、私の腕をつかむと言いました。

「死んだと思っていた子どもが児童養護施設にいるらしいから、急いで行ってみろ」と。

半日ぶりに子どもの生死が逆転したのです。この世にもてあそばれているような気分でした。

森の家に倒れていたあの子は、救助されたのち、保護者が見つからず近くの児童養護施設に預けられたようでした。あの子がいるという施設の住所をもらい、すぐに向かいました。わが子を捨てた父親だと石でも投げられるのではないかと思い、関係者の目を避けるようにしてあの子のもとへ駆けつけたのです。

ついに施設の庭の片隅にしゃがんでいるユシンを見つけました。最初は誰だかわかりませんでした。骨と皮だけの体、鳥の巣のようなボサボサの髪、まだらのできた肌、そして何よりあの子の表情と、その眼差し……。

わが子ユシンとは信じられませんでした。あの子の目には何も映っていなかったんです。深い深い虚無。人間の目があそこまで空っぽになるものだと初めて知りました。森で何があったのかはわかりませんが、あの子の顔を見た瞬間、パノラマのようにその間の出来事が見えるような気がしました。あの子が感じただろう恐怖、孤独、飢え、不安、裏切り、恨み、怒り、あきらめ、虚無。ありとあらゆる感情に疲れ果て、最後には空っぽになってしまった子どもの胸の内が手に取るようにわかったのです。

涙が止まりませんでした。足がガクガクして立っていることもままなりません。なんとか足を踏み出して近寄ろうとしたとき、あの子と目が合いました。ええ、ユシンは確かに、まっすぐ私を見つめたんです。

でもどうしたことかあの子は私に気付かず、ぼんやり私を見つめていた視線を、今度は宙に向けただけでした。その瞬間、私は崖っぷちに立ったときさえ感じなかった恐怖に襲われました。

ああ、この子は壊れてしまった。
この子は私のせいで壊れてしまった。
空っぽになってしまった。

たとえようのない罪悪感と恐怖に後ずさりました。ええ、逃げたんです。自分がしでかしたことに耐え切れず逃げ出したのです。弁解の余地もありません。私は世界中で一番卑怯な、父親と呼ばれる資格もないクズ野郎です。

私は理屈をつけ始めました。逃げた理由を必死で正当化したんです。現状では、自分はあの子の人生において邪魔でしかない。私がいればあの子はまた連中に追われることになり、いつなんどきでも死の危険にさらされてしまう。あの子にとって私は毒も同じだ。そばにいてはならないのだと。呪文を唱えるように自分に言い聞かせました。

何日も酒浸りになりながら、あの子のそばにいてはならない理由を何百、何千と挙げてみました。そうするうちに、本当に自分があの子のそばに近付いてはならない、害をおよぼす放射性物質さながらに思えてきたんです。

わかっています。すべて自分が楽になるための言い訳だったということは。でも、あのときは本当に自信がなかったんです。あの子を自分のそばに置いていいものか。あの子が生き延びるうえで、自分は助けになるのか、邪魔になるのか。

そのとき、奴から連絡がありました。すべてをあきらめて酒に溺れていたころ、姿をくらましていたパートナー、ジェホが現れたんです。顔を見るなり胸ぐらをつかんで殴りかかりました。まともに力が入らず何度も空振りしましたが、それまでの怒りをぶちまけるように殴り続けました。あいつは一度も抵抗することなく殴られていましたよ。力を使い果たしてそれ以上殴れなくなった私は、奴の上に倒れ込みました。あいつはやっと口を開きました。

すまないと。こんなつもりはなかったと。自分にも予想できなかったと。壁に開いた小さな穴をふさごうとしていたら、あっという間にダムが決壊し、山が崩れ、天が崩れ落ちたのだと。

それでもなんとか事態を収拾しようと駆けずり回るうちに連絡が遅れたのだと。どこへ行っていたのか、一度くらい連絡できなかったのかと問いただすと、家族もろとも韓国を離れていたと言いました。

それを聞いて、私はまた奴の腹を蹴り上げました。そして、あいつが家族と雲隠れしているあいだ、私の家族がどうなったのか話してやりました。

話を聞き終わると、奴はしばらくことばを失っていましたが、やがて泣き始めました。子どもみたいにわんわんと。私は呆れ、脱力したようになって、奴を引っつかんで一緒に泣きました。かすれ声も出なくなるまで、ひしと抱き合って泣き続けました。互いに力つきるまで泣いたあと、やっとひと息つくと、あいつが言いました。この国を出ようと。

ジェホは遺産として譲られるはずだった不動産を整理して、奴らの提示どおりの金額とまではいかなくともそれに近い金を払い、闇金業者と折り合いを付けました。それから、アメリカでやり直そうと言いました。親戚が営んでいた会社を安く譲り受けることになったから、そこで再スタートしようと。

あれだけひどい目に遭ったのにまたも信じたのかって？　奴を信じたというより、選択の余地がなかったんです。自暴自棄になって呑んだくれていても何も解決しません。虫けらみたいな状態から少しでもましになって、ユシンを連れ戻さなければと。

そのままアメリカに飛びました。義理の母に、ユシンのいる施設の連絡先を教えて。

仕事に励みました。周りから止められるほど、われを忘れて仕事に没頭しました。食べて寝てトイレに行く以外は仕事漬けの毎日でした。仕事以外に自分の時間を持てば、見えない手に頭を引っつかまれて地獄に引きずって行かれそうで。自分の人生など、もうないも同然だと思っていました。生きていること自体が罪だと感じていました。

毎日のように祈りました。早く金を稼げますように。どんな状況に置かれてもわが子を守れるだけの金を稼いで戻れますようにと。娘のもとへ、ユシンのもとへ帰る日を夢見てがむしゃらに働きました。

そうして瞬く間に時が過ぎました。月日の流れるのも気付かないうちに、あっという間に十数年が過ぎていたんです。幸い、アメリカ製の化粧品やベビー用品の輸出事業は軌道に乗り、そこそこ人間らしい生活ができるようになりました。そしてそんなとき、義母が亡くなったという知らせが入りました。

十数年ぶりの再会でした。あの子に会ったら何を言おう、どんなことばで自分の立場と卑怯さ、これまでの月日を説明しようかとずっと悩んでいました。飛び跳ねる心臓を押さえて葬儀場に入りました。あの子はいつしか、母親の背丈よりずっと大きくなっていました。本当にこの子が、あんなに小さかったわが子なんだろうか、この腕の中にすっぽり抱かれていたわが子なんだろうか。長いあいだ近付けませんでした。

「お父さん……」

幸か不幸か、あの子は私に気付いてくれました。でも、あの子の目はやはり空っぽのままでした。十数年の月日が流れても、あの子の目には何も映っていなかったのです。その瞬間、私の頭の中から、幾度となくくり返した謝罪と釈明が吹き飛んでしまいました。私の罪は、決してあの子に説明することも、許してもらうこともできないのだと思いました。

その後は、ご存じのとおり、この国でユシンと一緒に暮らし始めました。常に地雷の埋まった畑を歩いている気分でした。あの子がいつ怒り出すかわからない、なぜ自分を捨てたのかと私を問い詰めるかもしれないという不安からです。私は常に心の準備をしながらも、そのときがくるのを恐れていました。でも、ユシンは私に何も尋ねません。何一つ責めません。それが私をいっそう不安にさせ、いたたまれなくさせました。私はそれが、娘が私に与える罰なのだと思っていました。

沈黙はどんな罰より恐ろしいものです。何も訊かず何も責めないことで、自ら自分の罪を思い返せということだと理解しました。ユシンはいつでも、あの空っぽの目で私を見るんです。その眼差しがナイフの刃のように飛んできて、私の心臓に刺さります。あの空っぽの目が、呪いのことばの代わりです。

「苦しむがいい。ひとり苦しんでそのまま死んでしまうがいい」と。

ええ、初めはあの子が忘れていることを知らなかったんです。十数年ぶりの再会であの子の表情が冷ややかだったのも、私を恨んでいるからだと思っていました。

でも、しばらくして気付いたんです。何度かあのときの話をそれとなく持ち出してみたんですが、何のことかわからないという反応でした。演技ではなく、本当に覚えていないという表情でした。そして私は、あの子が当時のことをすっかり〝忘却〟したのだと知ったんです。私に沈黙という罰を与えたのでなく、本当に何一つ覚えていなかった。森での出来事も、自分を置き去りにした父親……二度も自分を捨てた父親のこともすっかり忘れていたんです。

胸を撫で下ろしたかって？　いいえ、悲しくなりました。言い表せないほど悲惨な気分です。どれほどつらい時間を過ごせば、その記憶だけすっぽり抜け落ちるようなことになるのでしょう。自分に嫌気が差しました。

あの子に記憶がないと知ってからは、あえて当時の話をしなくなりました。それは現実逃避というより……ええ、もちろんそういう気持ちもなくはありませんでしたが、それよりも、消してしまいたいほどつらい記憶をわざわざ呼び覚ますことがあの子のためになるのだろうか、そう考えたからです。

もちろん私としては、包み隠さず恨み言を言ってもらうか、親子の縁を切ってもらうかしたほうが、気持ちはずっと楽になるでしょう。でもあの子が記憶を失くしたということは、それだけあの時間が耐えがたく、忘れたいほどつらかったということじゃないでしょうか。それほど消してしまいたい記憶をあえて呼び起こして何になるというのでしょう。ええ、犯した罪が多すぎて、今の私のことばさえ下手な言い訳に聞こえるのはわかっています。でも、今のユシンにとって、森での出来事を思い出すことは決していいことだと思えないのです。

忘却は神の祝福ですから。

あの子の記憶がよみがえったようです。

出張の前からどこか変だと思っていたのですが、戻ってみるとあの子の目が変わっていました。温度が生まれた、とでも言いましょうか。私が出張に出ているあいだに、〝あそこ〟に行って来た様子でした。婿が言うには、黙って出て行ったきり数日戻らず、捜索願いを出していたそうです。ひと騒動あったようですよ。〝あそこ〟に行って来たのなら、確実にすべてを思い出したのでしょう。

いつかこんな日がくると予想していましたが、それが現実になると怖いものですね。ええ、いつまでも目を逸《そ》らしているわけにはいきませんから。昨夜はあの子から質問攻めに遭いました。質問というより、怒って怒鳴り散らしたと言うべきでしょうね。何て言ったかって？

「ねえ、どうして私を捨てたの？　面倒だったの？　お母さんが死んだから、私なんかお荷物だと思ったの？　何か言いなさいよ！　言い訳でもいいから！　どうして捨てたのよ!!」

あの子は泣き喚いた末に気を失いました。泣き疲れて倒れたあの子を前に、私は決心しました。真実を伝えるときが来たのだと。


先生のアドバイスどおり、最初から最後まですべてを話すことに決めました。あの子が記憶を取り戻し、私に真実を問う以上、もはやあの出来事をしまい込んでおくわけにはいきません。手紙で伝えるつもりです。顔を見て話すのは、込み上げる感情できちんと話せそうにありませんから。それに、私みたいな昔の人間は、やはり手書きの手紙のほうが楽なんですよ。

書き始めると、何だか反省文を書いてるようで妙な気分でした。数枚の手紙にこれまでの月日をしたためることなど到底できませんが、それでも、一つ残らずそっくり伝えるつもりです。受け取った手紙をあの子が破ってしまわないことを願うばかりです。

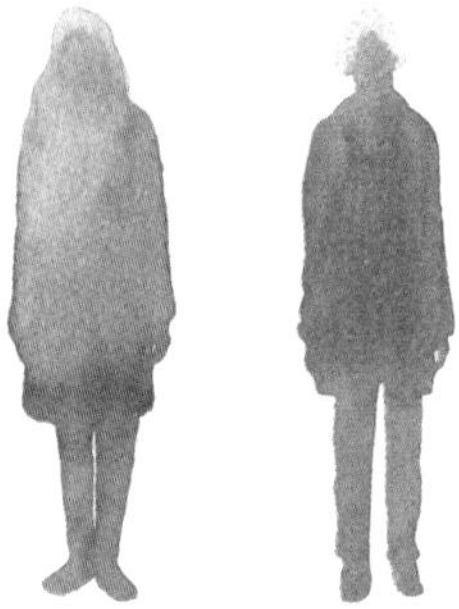

エピローグ

ヨヌ

余すことなく記憶している。

子どものころに一度は失った四十九日間という時間を。そして、その時間を取り戻そうとひとり闘った時間を。一つ残らずそっくり記憶している。

あなたの望みが、誰一人私を覚えていないことだったなら、そしてこの世界で私が完全に孤立することだったなら、大ハズレだ。誰も私を覚えていなくても、私は私を覚えているから。それで充分。私の記憶をつかさどるのは私、ゆえに私の人生をつかさどるのも私なのだ。

趣味が増えた。毎朝ヨガをし、週末は料理を習う。サークルに入り、新しく知り合った人たちと交流する。少し前には、知人にある男性を紹介してもらった。互いに好感を持ち、良好な関係を保っている。時間ができればリュックを背負って旅に出る。来年には大学院に入って新たな勉強を始める。いっときあきらめていた女優の夢をゆっくり叶えていくつもりだ。

今の私は、人の反応など気にしない。相手が私のことをどう思おうが、どう記憶しようがかまわない。あるがままの私を見せるだけ。私はもっとたくさんの人と知り合い、より広い世界へ進み、よりよい人生を生きるつもりだ。

あなたの目的が、あなたに奪われた記憶のせいで私の人生が不幸になることだったなら、大ハズレだ。あなたの計画が外れたことを証明するために、私は、この人生の一瞬一瞬をしっかりと生き抜いてみせる。そうすることで、私という存在を多くの人々に刻みつけ、新しい記憶から生まれる新しい人生を築いていくのだ。

私の名はチョン・ヨヌ。

どんな記憶も私の今、私の未来の足を引っ張ることはできない。

私は負けない。あなたに、そして四十九日間の記憶に。私は負けない。

ユシン

お父さんの手紙を読んだかって？　ええ、読みました。半分は予想していた内容、半分は予想外の内容でした。父を恨んでいないと言えば嘘になるでしょう。ええ、恨んでいます。私をあの森に置き去りにしたこと、迎えにくるのが遅すぎたこと、私を見つけたのにまたも置き去りにしたこと、母の死、家族をどん底に突き落とした父の弱さを恨みました。

でも、そんな気持ちをしぼませるものがありました。憐れみです。長い手紙をくり返し読むうち、父親や、私を置き去りにした人ではない、人間としての憐れみを感じるようになりました。憐れみと恨みの理由は同じです。どうしてこんなにも弱い人間なんだろう、父は。そんな感情です。

許すべきことなど何があるでしょう。月日は過ぎ、私は大人になった。そうして〝そうするしかなかった〟大人の世界を理解できるようになったのですから。でも、大人の私はよくても、そうではない者もいます。森の中にひとりぼっちで残された〝あの子〟には、許しを請うべきかもしれない。そういうわけで、父と一緒に森へ向かいました。あの子に会いに。許してもらうために。


あのときと同じように、父と一緒に汽車に乗り、片隅の席に座って、互いに黙ったまま外の景色を見つめていました。汽車を降りて、駅前のうどん屋でうどんも食べました。

バスに乗って曲がりくねった山道を上り、森の入り口で降りました。そしてフェンスを越え、森の奥へと進みました。当時と違う点といえば、昔は父が前を歩いていましたが、今は私が前を歩いているということ。父は息が上がって、ところどころで私について来られなかったり、立ち止まって息を整えたりしました。すると私は、黙って父が追いつくのを待ちました。そんなふうに、私たちは森の奥へと進みました。

あの場所に着いたとき、父は眩しさに目をやられたかのように、しばらく目を開けられないでいました。ようやくまぶたを持ち上げると、ゆっくり辺りを見回しました。私たちはあの家に向かって近付いていきました。雑木やツタが生い茂り、一歩進むのにも手間取りました。そうしてやっと、森の中の家にたどり着いたんです。

あの子が家から出てきました。ええ、信じられないかもしれませんが。いえ、信じなくてもけっこうです。これは私だけの、いえ、父と私にしか見えない幻なのかもしれません。でも、あの子はちゃんと、あの家で私たちが来るのを待っていました。ドアが開き、くたくたのTシャツを着たあの子が。そう、子どものころの私がドアを開けて出てきたんです。あの子を見つけた父はしばらく放心していましたが、やがて体中を震わせ始めました。もう少しで倒れてしまうのではないかと思うほど、ショックを受けた様子でした。

「お父さん！　やっと来たの！」

あの子が叫びました。そして父に駆け寄り、その胸に飛び込みました。幻を胸に抱えるなり、父は、波に呑まれた砂の城のようにくずおれました。そして泣き叫び始めました。

「ごめんよ！　本当にごめんよ!!　こんなに遅くなってしまったね。怖かっただろう？　本当にごめんよ！」

父の声が森に響きわたりました。いつの間にかあの子の姿は消え、父と私は抱き合ったまま暗い森で泣いていました。

先生、お久しぶりです。すべて先生のおかげです。あれ以来、息苦しくなったり狭いところに入ろうとする症状はなくなりました。いえ、本当は、完全になくなったわけじゃありません。今でも時々、悪夢を見たり静かな場所にひとり残されたりすると、耳鳴りやめまいに襲われることもあります。ほら、どんな傷も、嘘みたいにいっぺんに消えることはないでしょう?

森を訪れた後、あの家を買いました。はっきりとした所有者がおらず時間がかかりましたが、複雑な手続きを経て、あの山の一部とあの家を私たちのものにできたんです。あの家は今、わが家の別荘として使っています。

先週初めて、夫と子どもたち、そして父と一緒にあの家で休暇を過ごしました。何より、子どもたちがはしゃいでいました。夫は、私と父だけでこんないい所に来ていたのかとすねていましたっけ。

父は、特段変わったところはありません。相変わらず寡黙《かもく》で、感情を表に出しませんし。でも時折、じっと宙を見つめていることがあるんです。思うに、私のように時々あの子の幻を見ているのではないでしょうか。

あの家を別荘にしてから、初めてあの家で眠った夜のことは忘れられません。本当は、ちょっぴり怖かったんです。またあの家に戻るのが。いかにも平気な顔であっけらかんと横たわっていられるのが恐ろしくもあり、不思議でもありました。でもあのときとは違って、私のそばには子どもたちと夫、そして父がいました。

はい、先生。私は打ち克《う》《か》ったみたいです。

完璧とは言えないまでも、いかなる記憶も私の今、私の未来の足を引っ張ることはできないのだと気付いたんです。

私は負けません。不幸に、記憶に。私は負けません。

あとがき

十年かかって完成した物語だ。

ヨヌとユシン。二人の主人公のように、私の中の最も暗く深い場所から引き上げた記憶でもある。

私たちは、つらい記憶を忘れようと必死で生きていく。

でも、多くの人々が簡単には忘れられず、苦しみにあえぐ。

物語に登場する二人の少女は、記憶から〝生き延びた者〟たちだ。

私は彼らの声を借りてこう言いたい。

〝負けないで。あらゆるつらい記憶に〟

著者　チョン・ミジン（鄭美珍）
一九八三年生まれ。韓国の名門国立大学、慶北大学校で国語国文学を専攻。卒業後、アニメーションや映画の脚本家として頭角を現した。子供向け絵本作品でキャリアを積んで評価を得て、作品は中国や台湾、フランスで翻訳出版されている。現在はチェコ共和国の首都プラハで、大人向けのミステリーを中心に作家活動に取り組んでいる。『切った爪』『おやすみ、ココ』といった絵本の他、写真小説『骨』といった作品がある。

装画・挿画　ピョン・ヨングン（邉榮根）
一九八三年生まれ。台詞のないグラフィック・ノベルを自費出版で制作するところからキャリアをスタートさせた。水彩絵の具を使った手描きによって、現実の一瞬を静謐に写し取る技法に特徴がある。挿画やポスターの他、日本人アーティストのＣＤジャケット等、活躍の場を広げている。二〇一九年にはアーティスト・イン・レジデンスでインドに滞在。現在は日本に拠点を移している。近年の作品にグラフィック・ノベル『ゆるりと流れる：Flowing Slowly』がある。

訳者　カン・バンファ（姜芳華）
岡山県倉敷市生まれ。高麗大学文芸創作科博士課程修了。翻訳家・日本語講師。日訳書にチョン・ユジョン『七年の夜』、同『種の起源』、ピョン・ヘヨン『ホール』、ペク・スリン『惨憺たる光』、コン・ソノク『私の生のアリバイ』などがある。韓訳書に五味太郎『正しい暮し方読本』、古田足日『ロボット・カミイ』、岸本真一『はるになたらいく』など児童書多数。共著に『일본어 번역 스킬（日本語翻訳スキル）』がある。

本書は、2020年8月、株式会社U－NEXTより電子書籍として刊行されました。
この作品はフィクションであり、実在する人物・団体等とは一切関係ありません。

みんな知《し》ってる、みんな知《し》らない

二〇二一年一月六日　第一刷発行
二〇二一年一月二十日　第二刷発行

著者　チョン・ミジン
装画・本文イラスト　ピョン・ヨングン
訳者　カン・バンファ
装丁・本文デザイン　名久井直子
発行者　マイケル・ステイリー
発行所　株式会社U-NEXT
〒一四一-〇〇二一
東京都品川区上大崎三-一-一
目黒セントラルスクエア
電話　〇三-六七四一-四四二二（編集部）
〇四八-四八七-九八七八（受注専用）

営業窓口　サンクチュアリ出版
〒一一三-〇〇二三　東京都文京区向丘二-一四-九
電話　〇三-五八三四-二五〇七
FAX　〇三-五八三四-二五〇八（受注専用）

印刷所　豊国印刷株式会社
製本所　大口製本印刷株式会社

Printed in Japan.　ISBN 978-4-910207-03-2 C0097